KB061568

그래도 다시 한 걸음 ✳

그래도 다시 한 걸음

오픈도어북스는 (주)하움출판사의 임프린트 브랜드입니다.

초판 1쇄 발행 2024년 4월 1일

지은이 | 진태현

발행인 | 문현광
기획 | 이진선
책임 편집 | 윤혜원
교정·교열 | 신선미 주현강
디자인 | 이새희
마케팅 | 양하은 심리브가 박다솜
업무지원 | 김혜지

펴낸곳 | (주)하움출판사
본사 | 전북 군산시 수송로315, 3층 하움출판사
지사 | 광주광역시 북구 첨단연신로 261 (신용동) 광해빌딩 6층 601호, 602호
ISBN | 979-11-6440-545-9(03810)
정가 | 17,800원

그래도 다시 한 걸음

목차

1부

조금만 울고 일어나자

3부

나만의 방식으로 흘려보내기

✳

누군들 아픔이 없을까. 그러나 상실의 아픔은 다르다. 위로의 말을 건네는 것조차 쉽지 않다. 우리가 흘리는 눈물은 흘러내려 없어지는 것이 아니라 눈물의 병에 담긴다고 한다. 하나님께서 우리의 눈물을 헤아리려고 병에 담아 두신 것이다. 이처럼 우리가 흘리는 눈물은 시간 속에서도 흘러가지만 그 아픔의 통각, 그 슬픔의 비감은 화석처럼 변하면서 마음속 깊은 곳으로 침잠할 따름이다.

진태현 배우는 어떻게 이 글을 쓸 결심을 했을까? 어떻게 이 고통의 순간들을 다시 펼치게 되었을까? 우리 모두를 위한 사랑 때문이리라. 모두의 아픔을 함께 보듬겠다는 그 마음을 느끼면 우리는 글을 읽는 것이 아니라 깊고 뜨거운 사랑의 고백을 듣게 된다. 그리고 태은이라는 생명이 이 땅에 존재했던 그 시간과 맞닥뜨리고 깨닫게 된다. 아, 사랑은 영원한 것이구나!

+ [베이직교회] 목사 **조정민**

✳

"아무렇지 않을 것 같은 일을 겪은 사람이 아무렇지 않게 보인다면 그 사람의 속이 몇 번이고 절망의 끝에서 무너졌을지 우리는 모른다."

박완서 씨 소설에 나오는 문구이다. 어디 메모를 한 것도 아닌데 삼십 년이 넘도록 마음속에 간직하고 있던 문구.

인간적으로 훌륭한 배우, 그래서 애정할 수밖에 없는 배우, 진태현 박시은 부부와 며칠 전 저녁을 먹었다. 우리는 아무렇지 않게 즐겁게 떠들면서 생맥주와 투플러스 고기와 옛일을 안주 삼아 즐거운 한때를 보냈다. 그때 그가 말했다.

"감독님, 뛰세요. 뛰면 몸 아픈 거, 마음 아픈 거 다 해결됩니다."

이 책은 '아무렇지 않을 일'을 겪은 진태현이 '아무렇지 않게' 보이기까지 지나온, 우리가 모르는 기나긴 슬픔에 대한 기록이다. 우리가 할 수 있는 일은 없다. 그가 비를 맞을 때 그저 옆에서 우산을 씌워 주는 일, 그가 뛰면 그저 옆에서 같이 헉헉거리며 뛰어 주는 일, 아주 사소한 '사람의 일' 말고는…. 그리하여 어느 날 그가 배우로 다시 우뚝 섰을 때 나는 그 사소함으로 격렬하게 그를 안아 주리라.

+ [반짝이는 워터멜론] 연출 **손정현**

✳

　마음속 깊은 곳에 묻어 두었던 슬픔의 시간들을 다시 마주하려니 글을 읽어 내려가는 내내 참 쉽지 않았다.

　사실 몇 번씩 마음을 추슬러 가며 글을 썼다 멈췄다 반복하는 태현 씨를 보면서도 애써 모른 척 외면하며 그냥 응원만 보냈던 기억이 떠오른다.

　이제 그 글이 한 권의 책으로 완성되어 세상 밖으로 나왔고, 태현 씨가 전하고자 하는 현실 너머의 위로와 희망을 다시 마주할 수 있어서 감사할 따름이다. 내게 그러했듯이 마음이 지쳐 잠시 주저앉아 작은 한숨이 필요한 분들께 이 책이 따뜻한 바람이 되어 닿기를 바랄 뿐이다.

✦ [배우] 아내 **박시은**

바람은 눈에 보이지 않지만 느낄 수 있습니다. 지금
부터 제가 하고 싶은 이야기는 보이지 않은 마음 너머
의 이야기입니다. 살다 보면 잊어야 하는 일이 있고,
잊히지 않는 일도 있습니다. 아픔을 받아들이는 것은
저마다 소유한 마음에 따라 달라지는 것 같습니다. 어
떤 이는 커다란 아픔을 별것 아닌 것처럼 느끼지만,
누군가는 아주 작은 일이라도 삶이 통째로 휘청이는
것 같은 고통을 느끼기도 합니다. 감당하기 어려운 커
다란 일에 힘들어하는 사람도 많지만, 의외로 아무렇
지 않게 다시 일어나는 사람들도 많습니다. 목표에 도
달하기 위해서 쉬지 않고 끊임없이 질주하는 사람이

있는 반면에 더 오래 그리고 멀리 가기 위해 잠시 쉬어가는 사람도 있습니다.

2022년 뜨거운 여름날, 바람이 불고 비가 많이 오던 날, 아직도 가슴 한구석을 시큰거리도록 아프게 했던 일이 생각납니다. 옛말에 먼저 떠나보낸 자식은 평생 가슴에 묻는다고 하지요. 가장 이겨낼 자신이 없는 자식을 잃는 슬픔으로 인해 남편으로서 그리고 가장으로서 어떻게 해야 할지 많이 고민했습니다. 많은 날을 눈물로 보내면서도 주변에 지켜야 할 존재를 위해 다시 일어서야겠다 다짐해야만 했습니다.

저는 《그래도 다시 한 걸음》을 통해서 제가 느꼈던 아픔과 슬픔 그리고 그것을 극복하는 과정을 공유하고자 합니다. 그리하여 사랑하는 사람을 잃고 깨져버린 시간 위를 걷는 분들의 상처를 보듬어드릴 수 있다면 좋겠습니다. 제 이야기가 여러분을 일어서게 하는 튼튼한 무릎이 된다면, 상처를 감싸는 부드러운 연고가 된다면 참 좋겠습니다. 우리는 절대 혼자가 아닙니다. 저 또한 그랬습니다. 눈으로 볼 수 없지만, 피부로는 느낄 수는 있었던 많은 온정으로 인해 일어날 수 있었습니다.

살다 보니, 잊어야 하는 것들도 잊혀야 하는 것들도 다 똑같이 행복했던 추억으로 남았습니다. 아마 제 안의 아픔과 동행하고자 했던 의지가 긍정적으로 승화된 것이 아닌가 싶습니다. 시간이라는 무딘 톱날이 가슴속에 커다랗게 자리했던 아픔을 천천히 그리고 조금씩 깎아주었기에 다시 일어날 수 있던 것 같기도 합니다. 제게 커다랗기만 했던 아픔이 작아졌으니, 이 마음을 다른 사람과 함께 나누고 싶었습니다.

커다란 위로만이 저를 낫게 하리라 여겼지만, '살다 보니'라는 짧은 말 한마디가 저를 일어나게 했습니다. 가슴을 조이는 이 고통을 평생 원망하고 아파하며 살기보다는 곁에 두고 조금씩 이해하고 품어보기로 했습니다. 답답하면 밖에 나가 끊이지 않을 것처럼 펼쳐진 길을 달렸고, 달리다가 지치면 가끔 걸으며 숨을 골랐습니다. 비가 오면 우산을 펴기도 했고, 어느 날은 오기가 샘솟아 굵은 빗줄기를 정면으로 마주하는 날도 있었습니다. 영원히 끝나지 않을 것만 같은 아픔이 펼쳐져 있지만, 가슴 어느 한구석의 보이지 않는 존재가 용기를 내야 한다고 독려하고는 합니다. 그러니 마음이 이끄는 대로 가능한 만큼만 극복하고, 감당할 수 있을 만큼만 나아지면 됩니다.

《그래도 다시 한 걸음》을 통해서 현재의 저는 치열했던 과거를 돌아보고 있습니다. 아마도 과거의 저는 아픔 속에서 또 다른 미래를 꿈꾸기 시작하겠지요. 앞으로 책장을 넘기며 이 책을 읽어주실 분들 또한, 지금보다는 괜찮은 마음과 행복을 꿈꾸는 미래를 맞이할 수 있길 바랍니다.

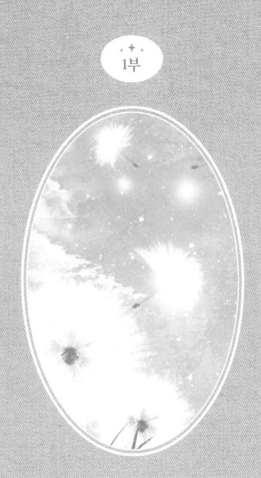

1부

조금만 울고 일어나자

✳

그곳에 잘 있겠지

그곳은 따뜻하겠지

내가 알기론 새와 사자와 호랑이와 사람들이 같이 뛰어놀고

푸르고 맑고 깨끗한 그런 곳인데

적어도 여기에 사는 것보다는 좋겠다 하는 생각이 든다

하지만 사랑하는 딸의 얼굴도 보지 못한 채

그 얼굴을 상상하며 이별하는 게 너무 버겁다

아파트 공원 안

앉아있는 이 벤치가 지금 하늘나라 놀이터라면

내 앞에 작은 빛이 빛나고 있겠다

난 사랑하는 딸을 생각할 수가 없다

아직은 아내가 일어나지 못했으니

울 수도 없다

약속했으니

다행히 지나가는 사람이 없는 더운 날이다

이상하게 땀도 한 방울 안 나니 여기가 진짜 천국인가

잃어버린 상실감에

눈앞에서 놓쳐버린 허탈감에 몸이 무거워지나

또 일어나야 아빠가 일어나고

하늘나라에서 보고 있는 딸도 응원하겠지

머릿속이 몽롱하고 무거운 이 기분은 언제쯤 끝날까

아직 이별의 시간이 시작도 안 했는데 벌써 지친다

가만히 있어도 그냥 눈물이 난다

그러나 울지 않았다

내가 울고 있는지도 모르게 운다

그래도 약속은 약속이니 더는 울지 말고 일어나자

모두가 보고 있고 느끼고 있으니 일어나자

기다린 만큼 더 애틋했던 꿈

살면서 그렇게 큰 꿈을 꾼 적은 없었던 것 같다. 대학에 입학하자마자 방송국 소속 공채 배우가 되어 소망하던 직업을 가졌고, 여러 작품도 남길 수 있었다. 엄청난 커리어를 쌓은 건 아니지만 한 작품을 끌고 가는 주연배우가 되어보기도 했고, 그 과정에서 아내를 만나 행복한 가정을 꾸리기도 했다. 배우라는 목표를 향해 열심히 달리기는 했지만, 사랑하는 사람과 함께 가정을 이루고 더 넓은 하늘을 바라보며 그 빛을 사람들에게 알리는 일, 그것을 미래의 목표이자 앞으로 펼쳐질 삶의 방향으로 삼고 싶었다.

커다란 성공이나 인기, 명예처럼 사람의 마음을 쉽게 변질시키는 것들은 감히 가지고 싶다고 가질 수도 없을뿐더러, 손에 넣는 것이 조심스러웠다. 언제나 경계하는 게 당연하지만, 아무리 노력한다고 해도 내가 변하지 않을 것이라 확신할 수가 없었다. 그러나 아내와 아이가 생기고 난 후, 처음으로 마음속에 커다란 꿈이 조금씩 자라나기 시작했다. '좋은 아빠가 되려면 어떻게 하는 게 좋을까, 우리가 아이가 태어나면 어떤 사람으로 자라도록 교육해야 할까.' 하루의 시작과 끝을 모두 아이 생각으로 보낼 정도로 간절하고 기뻤다.

백년가약을 맺은 지 거의 십 년이 다 되어가는 동안, 우리를 꼭 닮은 아이와 함께하는 생활을 맞이하기란 녹록지 않았다. 마음속 깊은 곳에 남아있는 태은이를 맞이하기까지 두 번의 이별을 더 겪었다. 사실 두 번 모두 초기 유산이었기에 태은이와 이별했을 때처럼 애틋하거나 가슴에 사무치거나 하지는 않았다. 물론, 예비 부모로서 기대감에 부풀었다가 갑자기 헤어짐을 겪는 슬픔은 똑같았지만 말이다. 당시의 나는 가랑비에 옷 젖는 줄 모르는 것처럼, 이 작은 슬픔이 조금씩 켜켜이 쌓이는 줄 모르고 있었던 것 같다.

의사 선생님은 두 번의 유산을 겪은 아내의 몸 상태를 매우 우려하셨다. 연약해진 몸이 완전히 회복되기 전까지는 아예 그 무엇도 하지 말라고 단호하게 말씀하기도 하셨다. 우리 사이에 반드시 아이가 있어야만 하는 건 아니었다. 아이가 있어야만 행복할 수 있는 것이 아니었고, 아이가 없다고 해서 끊어질 인연은 더더욱 아니었다. 다행히 아내와 나는 평소에 생각이 비슷했고, 이견이 생기더라도 그 차이를 좁히는 데 어려움을 겪지 않았다(난 지금도 이게 우리 부부의 최대 장점이라고 생각한다). 그 후로 우리는 무엇이든 급하게 하지 말고 천천히 하자고 약속했다.

예전부터 우리 사이에 태어날 아이는 날 닮지 않았으면 좋겠다고 생각했다. 우직하게 올곧은 성정이라는 게 도움이 될 때도 있었지만, 나 자신을 갉아먹게 하거나 상처를 주는 날 또한 많았기 때문이다. 우리의 아이는 적당히 휘어지고 굽혀야 하는 때는 한발 물러설 줄도 아는 사람이 되기를 바랐다. 내가 원하던 가장 이상적인 모습은 언제나 자연 속에 존재하고는 했다. 저 멀리 바람에 흔들리는 싱그러운 풀을 보노라면 저렇게 누울 줄도 알아야 한다고 생각했다. 그래서인지 평소에도 저마다 다른 색을 가진 풍경을 통해 다친 마음을 치유받았고, 무슨 일이 생기면 일상에서 벗어나 어디론가 훌쩍 떠나는 일을 즐겼다.

이때를 기점으로 아내와 나는 조급함을 내려놓고 아름다운 풍경을 보기 위해 국내 여기저기를 여행했다. 어느 산에 단풍이 절경으로 들었다고 하면 찾아가서 마음을 붉게 물들이고, 어느 바다의 풍경이 좋다고 하면 찾아가서 파도에 복잡한 마음을 풀어놓았다.

다음에 다시 만날 아이를 위해서 열심히 운동도 시작했다. 건강한 몸에 건강한 정신이 깃든다는 격언처럼, 내가 모르는 새에 잔뜩 쌓인 슬픔과 아픔을 떨쳐내기 위해 몸부터 튼튼하게 만드는 것이 우선이었다.

지금 생각해보면 이때가 제일 즐거웠다. 내 마음을 복잡하게 만드는 것들은 차치해둔 채 보고 싶은 걸 보고, 건강에 좋은 유기농 식자재로 함께 요리하고, 그저 서로만을 바라보며 시간을 보냈으니 당연했다. 게다가 이렇게 한적하게 시간을 보내고 6개월 만에 기적같이 태은이를 만나게 되었으니 더더욱 좋은 기억으로 남을 수밖에. 마치 지친 마음을 위로하고자 찾아온 것만 같은 태은이가 더 소중하게 느껴지는 이유이기도 하다.

가장 커다란 별이 떨어진 날

언제나 드는 생각이지만, 큰 병원의 여성의학과는 많은 사람으로 가득 차서 붐비고 정신없는 곳이다. 그러나 새 생명을 맞이하기 위한 발길이 끊임없이 이어지는 것은 기분 좋은 일이기도 하다. 항상 같은 요일, 똑같은 시간에 방문해도 변하지 않고 그대로인 이곳은 산모와 아이에게 한결같은 안정감을 줄 것만 같았다.

임신 소식을 들은 이후로 항상 아내의 어릴 적 모습과 꼭 닮은 딸의 모습을 상상하고는 했다. 아마도 나의 어릴 적 모습보다는 아내의 어릴 적 모습을 더 좋아했기에 그 모습을 더 많이 빼닮았으면 좋겠다고 바랐나 보다. 그러나 우리는 생각지도 못하게 감당하기 어려운 이별을 맞이해야만 했다. 지난 9개월간 모든 상황이 완벽에 가까웠기에 아직 세상의 빛을 보지도 못한 딸과의 이별은 누구도 상상할 수 없었다. 게다가 마음의 준비를 할 새도 없이 겪어야만 했던 이별이었기에 가슴에 묻은 아픔이 몇 배는 짙었다.

아직도 초음파실 문 앞의 글씨체까지 선명하게 기억난다. 늘 함께 들어가서 아이의 모습을 살펴보던 곳이었으니까. 요새 기술이 좋아져서 아이의 나중 모습까지 볼 수 있을 정도였다. 사진을 받아들고 서로를 마주 보며 둘 중에 누굴 더 닮았는지 알콩달콩 입씨름할 정도로 즐거운 기억이 가득한 곳이었다. 그러나 그날 초음파실의 온도는 평소와 조금 달랐다. 갑자기 분주해진 의료진의 발걸음에 밖에서 대기하던 내 심장은 불안함을 대변하듯 쿵쾅대기 시작했다.

초음파실에 들어가자마자 가장 먼저 눈에 든 건 눈물을 흘리는 아내의 모습이었다. 아내는 나를 보자마자 눈물을 훔치며 '심장이 안 뛰어. 미안해.'라고 했다. 그 짧은 한마디에는 수많은 감정이 응축되어 있을 게 분명했다. 그러나 힘든 시간을 홀로 버텼을 것을 생각하면 오히려 내가 더 미안한 일이었다. 그 마음을 말로는 전달할 길이 없어 그저 아내를 꼭 안아주는 수밖에 없었다.

나는 갑작스럽게 찾아온 이별을 받아들일 수 없어서 한 번만 더 확인해주시면 안 되겠냐고 부탁했다. 주치의 선생님은 이미 소용없다는 것을 아시면서도 묵묵히 나와 아내의 마지막 부탁을 들어주셨다. 딸아이와 이별이 확실해지자마자 다리에 힘이 탁 풀리는 것을 느끼며 그대로 주저앉았던 것 같다. 철들고 그렇게 크게 울어본 적이 있을까 싶도록 하염없이 눈물을 흘렸다. 그런 와중에도 머릿속에는 나보다 더한 상실감을 겪을 아내의 생각으로 가득했다. 배 속에 아홉

달 동안 품으며 아이와 더 가까이에서 교감했을 아내
의 슬픔은 가히 상상조차 할 수도 없었다.

아내는 수술방에 들어가기 위해 수술복으로 갈아
입었다. 경황이 없어서 어떻게 병실과 수술방을 잡았
는지, 당시에 무엇을 어떻게 진행했는지 단 하나도 생
각나지 않지만, 이 모든 게 아마도 주치의 선생님의
도움이 아니었나 하는 생각이 든다. 아내는 고요한 병
실 속에서 담담한 척 애써 모든 걸 꾹꾹 누르려 애썼
다. 갑자기 밀려오는 상실감과 안타까움이 나와 아내
의 주변을 떠나지 않고 맴도는 기분이었다. 병실에 들
어선 뒤로 우리는 끊임없이 서로를 위로했다.

"괜찮아."
"응, 괜찮아. 울지 마."

적막이 흐르는 병실에 단둘이 있으면서 참 많은 대

화를 나눴던 것 같다. 그날 우리는 한 가지 약속을 했다. 앞으로 떨어져 있을 때는 절대 울지 않기로, 오직 함께일 때만 눈물을 흘리기로 말이다. 지금 생각해도 아내는 참 강하고 대단한 사람이다. 아이를 직접 배 속에 품었기에 훨씬 더 심적으로 힘들고 지쳤을 텐데도 나를 먼저 생각하고, 위로하며, 손을 잡아주었다. 주치의 선생님은 그로부터 얼마 지나지 않아 아내와 내가 있는 병실을 찾으셨다. 어떤 수술을 어떻게 진행할 건지 설명해주시면서도 실의에 빠진 우리를 보며 함께 애달파하셨다. 자기 일이 아니어도, 책임이 없더라도 함께 슬퍼하는 사람이 있다는 건 참으로 감사한 일이다. 그 덕에 그동안 내가 살아온 방향이 잘못되지 않았으며, 순간마다 내렸던 결정이 틀리지 않았다고 확신할 수 있었다.

　나는 배 속에서 성장이 멈춰버린 아이와 작별 인사를 나누었다. 그리고 이 시간을 추억하기 위해 함께 사진도 찍었다. 우리의 전부나 마찬가지였던 세상에서 가장 반짝이던 별…. 곧 있으면 수술실로 가야 한다는 의료진 분들의 말에 이제는 정말 보내야 할 시간이 왔다는 것을 실감했다. 제발 시간이 멈췄으면 했다. 아니, 멈추다 못해 역행해서 우리 아이를 잃기 전으로 돌아갔으면 했다. 으레 슬픈 일이 생기면 그렇듯 나는 괜찮아졌다가도 슬퍼졌고, 그러다가도 다시 아무렇지 않아졌으며, 평온하다가도 갑작스레 밀려오는 자책과 원망으로 물들고는 했다. '왜 하필 나에게 이런 일이 일어났을까?' 수도 없이 몰아치는 감정의 소용돌이 속에서 단단하게 중심을 잡기란 참으로 어렵기만 했다.

내가 배웅할 수 있는 곳은 딱 수술실로 향하는 엘리베이터 앞까지였다. 평소에는 특별한 일이 없는 한 떨어져 있던 적이 없는데, 건물과 엘리베이터 사이에 그어진 선 하나가 나와 아내의 사이를 턱 막아섰다. 휠체어에 탄 아내를 보자 작은 공주님이 나를 보며 흐리게 웃는 것만 같았다. 나는 눈에 사랑을 가득 담고서 다시 한번 혼자서 힘든 시간을 감내해야만 하는 아내를 위로했다. 그리고 엘리베이터 앞에서 아내의 손을 잡은 채로 딸의 심장을 찾으며 정말로 마지막이 될 인사를 건넸다.

"그동안 고마웠어, 태은아. 잘 가."

진정 가슴 깊은 곳에서 커다란 슬픔이 밀려올 때면 숨길이 턱 가로막힌 것처럼 호흡이 어려워진다는 걸 깨달은 순간이었다. 얼굴에 피가 몰려 붉어질 정도로 울어서 머리가 깨질 것처럼 아프기도 했다. 난 큰 고생을 치러야 하는 아내를 다시 한번 안아준 후, 엘리베이터에서 한 발 물러섰다. 아내와 나 사이에 놓인 가느다란 선은 이내 문으로 채워졌다.

그렇게 내 세상에서 가장 크게 빛났던 별은 영원히

지고 말았다. 굳게 닫힌 문 사이로 그 무엇도 볼 수 없는데도 발걸음은 떨어지지 않았다. 아내를 수술실로 보내기 위해서 애써 뒤로 보냈던 울음이 다시 튀어나오려 했다. 눈물은 내 신세가 이렇게 처량할 수가 없어서 한 방울, 아내의 상처가 걱정돼서 한 방울, 떠나간 내 딸이 너무나 안타까워서 한 방울 흘러내렸다.

무너져 본 사람만이 아는 감사

난 평소에 사랑이란 그저 막연한 감정에서 끝나서는 안 된다고 생각해왔다. 내 마음속의 감정을 표현하고 태도로써 보여주지 않으면 그 누구도 알아줄 수 없다. 아주 예전부터 지금까지도 아내를 정말 많이 사랑하기에 아침부터 저녁까지 함께 시간을 보내려고 노력한다. 그리고 어딜 가든 되도록 함께하려고 하는 편이다. 그래서인지 무엇이든 아내가 홀로 하는 게 마음에 걸리고는 한다.

태은이가 별이 되었다는 말을 들은 후, 수술하는데 시간이 꽤 많이 소요될 거라는 이야기를 들었다. 그러나 차마 혼자 있을 자신이 없기도 했고 아내와 같은 공간에서 함께 시간을 보내고 싶어서 대기실로 내려갔다. 그 근처에는 수많은 예비 아빠가 아이의 탄생을 기다리고 있었다. 새 생명이 든 기쁨을 느낄 수 있다는 사실 자체가 참 부럽기만 했다. '나도 저렇게 기뻐할 수 있었을 텐데….' 그러나 그나마도 수술실 안에서 홀로 고생하고 있을 아내 걱정에 묻히고 말았다. 난 이번 일을 겪으며 생의 길을 걸을 때, 혼자가 아니게 해달라고 소원하게 되었다. 가정의 중심을 잡아야 하는 가장이었지만, 어떻게 보면 나는 여전히 아내의 사랑이 필요한 남편이기도 했으니까.

얼마나 기다렸는지도 잊었을 정도 시간이 지나자 수술실 문이 열리고 집도의 선생님께서 나오셨다. 반투명한 유리로 된 자동문이 열리는 순간 터질 것같이 뛰던 심장박동 소리는 아직도 귓가에 선연하다.

"수술은 잘 끝났고, 시은 씨는 현재 회복실에 있어요."

"선생님, 우리 아이 예뻤나요?"

"천사였어요, 태현 씨."

"감사합니다, 선생님. 그동안 고생 많으셨습니다."

이상하게도 수술이 무사히 잘 끝났다는 말이 참 기뻤다. 그건 아내를 살리기 위한 수술이면서도 우리 아이를 세상에서 영원히 떠나보내는 수술이기도 했는데 말이다. 하지만 그렇게 생각하자니, 아내가 혼자서 씩씩하게 잘 버텨준 것이 대견했다. 그리고 그 모든 과정을 곁에서 함께해주신 분들 또한 정말 감사한 존재였다. 아내의 소식을 전해 듣고 나서는 수술실 앞 화장실에 앉아 울고 멈추기를 몇 번씩 반복했다. 아마 모두의 앞에서 담담하고도 의연한 모습을 보이고 싶어서 가슴속에 가득 찼던 슬픔을 덜어내는 과정이었을 것이다.

아침 일찍 병원을 찾았을 때 보았던 풍경과 지금의 풍경은 달라져 있었다. 아침보다 햇볕이 더 따사로워 졌으나 몸과 마음은 훨씬 무거워졌고, 일상을 시작하는 사람들의 말소리로 활기가 차올랐으나 귀에는 무엇도 들리지 않았다. 평소에 손목에 차고 다니는 스마트워치에서는 스트레스 지수가 비정상이라는 알림이 울렸다. 손목을 응시하다 고개를 드니 창문에 비친 내 모습이 보였다. 몇 시간 새에 몰라보도록 수척해진 얼굴을 보며 나 자신에게 혼잣말을 건넸다. '네가 지금 많이 아프긴 한가 보다.' 그렇게 창문에 비치는 하늘 새로 희미하게 섞인 내 얼굴을 쓰다듬으며 웃다가 울다가를 반복했다.

살면서 이렇게 크게 좌절하고 무너져본 적이 있던가 생각해보면 정확히 그렇다고 대답하기는 어렵다.

어렸던 당시의 나에게는 세상이 무너질 만한 일이었다 할지라도, 그때보다 더 많은 걸 알고 깨달은 나에게는 어느 좋은 추억이 되어있을지도 모를 테니 말이다. 먼 훗날, 조금 더 많은 일을 겪으면서 초연해진 나에게는 태은이와의 이별도 '그런 일도 있었지.'라며 추억하는 때가 되어있을지도 모르겠다. 미래의 나는 무너졌던 과거의 나를 거름 삼아서 다시 쌓아 올리는 방법을 배울 것이다. 그것은 무너져본 사람만이 아는 귀중한 경험이다. 그중에서도 가장 감사한 것은 이 험난한 과정을 혼자 이겨낸 것이 아니라 곁에 함께해준 소중한 사람이 있다는 것이다. 이는 우리가 생에서 겪는 모든 고난을 감사히 여겨야 하는 이유 중 하나가 아닐까.

누구도 탓하지 않기로 약속해

　병원은 따뜻한 곳이라고 생각했다. 으레 '병원' 하면 아팠던 사람들이 회복하고 웃으며 집으로 돌아가는 장면이 떠오르니까. 그러나 나와 아내가 있는 병실의 공기는 꽤 차가웠던 거로 기억한다. 아마도 우리 아이가 병원의 저 밑 어딘가 차가운 곳에 있다고 생각해서였는지도 모르겠다. 사랑하는 자식이 같은 건물 어딘가에 홀로 있을 생각을 하니 마음이 얼어붙었을 것이고, 그로 인해 나는 추위에 떨 수밖에 없었다. 병원에서 느꼈던 한기는 어쩌면 내 마음에서 기인한 것일지도 모르겠다.

　왠지 모르게 차갑게 느껴지던 병원에는 새벽이 찾아왔다. 여명이 점점 높게 떠올라 그다지 어둡지 않은 시각, 치아와 턱 그리고 손과 팔이 깨질 것처럼 아프기 시작했다. 오죽했으면 수술을 마치고 회복실에 누워있는 아내에게 고통을 호소했다. 아내는 내 손을 잡으며 괜찮으냐 걱정해주었다. 작은 별을 하늘로 보낸 지 이제 겨우 하루, 내 몸은 당연하게도 정상일 수 없었다.

　우리는 그때 아무것도 할 수 없는 그런 상태였다. 무언가 노력해보라는 말 자체가 폭력처럼 느껴질 정도로 아주 연약해져 있었다. 의료진과 부모님을 제외하고는 우리의 사정을 제대로 아는 사람이 없었기에 딱히 울음을 토해낼 곳도, 뭉개진 가슴을 보이며 하소연할 곳도 없었다. 아내가 회복을 마치고 병실로 돌아온 후로, 우리는 서로가 딴마음을 품지 못하도록 계속해서 대화를 나눴던 것 같다. 앞으로 이 험난한 산을 어떻게 오를지에 대해서 말이다. 그러다가 마음에 여유가 없어서 지쳐버리는 때면 아무 말도 없이 조용히 아파하며 고통이 사그라들기를 기다렸다.

마치 드라마의 한 장면인 듯, 분주하게 아내를 챙기던 손길과 곁에서 슬픔을 함께 나누던 의료진들이 서서히 하나둘 사라져갔다. 이제부터는 아내와 나 단둘이서 남은 공백을 채워나가야만 했다. 우리에게 남은 숙제가 너무 많아서 전부 다 할 수 있을지 걱정이 앞섰다. 힘들기만 한 이 시간을 뛰어넘어야만 했고, 그간 많이 지쳐 쇠약해진 몸을 회복해야만 했고, 그 외에도 생각하자면 온종일 열거할 수 있을 만큼의 오르막길이 남아있었다.

사람은 누구나 책임을 피하고 싶어 하고 자기 연민에 빠져서 남을 탓하고 싶어 한다. 내가 겪은 일의 무게가 무거울수록 빨리 편해지기 위해서 쉬운 길로 가려고 타협하는 것이다. 그러나 나는 그 어떤 커다랗고 무거운 일이 어깨를 짓눌러도 대충 타협하고 싶지는 않았다. 물론, 내가 겪은 이별은 이러한 책임감과는 거리가 있는 일이긴 했다. 그러나 어떤 일이든 내 존재에서부터 모든 게 시작된다고 생각하면 위에서 말한 '타협'에 지지 않을 수 있다.

아내와 함께 그런 말을 참 많이 했다. '우리 누군가를 탓하지 말자. 서로 수고했다, 고생했다, 잘했다는 말만 입에 담자.' 시간이 지난 지금에서야 느끼지만, 우리는 결국 그 힘든 시간을 잘 이겨냈다. 지금도 완전히 극복한 것은 아니지만, 누구의 탓도 하지 않으면서 '잘했어, 고생했어.'라며 여기까지 무사히 당도했다. 물론 지금까지 걸어온 걸음에 전부 성공이 담긴 것은 아니었다. 때로는 슬픔에 짓눌려 압도당하기도 했고, 돌부리 같은 그때의 기억에 허우적거리다가 넘어지기도 했다. 그럴 때면 또다시 '괜찮아, 다시 일어나서 걸어보자.' 하며 서로에게 손을 내밀었다. 사랑의 위대함이란 꼭 거창한 사건에서만 느낄 수 있는 게 아니었다.

함께라서 참 다행이다

아침 일찍, 로비에 사랑하는 목사님과 사모님께서 무엇이 먹고 싶으냐 먼저 연락을 주셨다. 결혼 전부터 지금까지 아들처럼 챙겨주신 조정민 목사님은 내게 가장 가까운 어른이다. 결혼 이후에 어떻게 살아야 할지 헤맬 때 나침반처럼 방향을 알려주셨고, 늘 우리의 일을 당신의 일처럼 함께 고민해주시는 고마운 분이었다. 하늘에서 보내주신 제2의 부모님이라고 소개할 정도로 많이 의지하는 분이기도 하다. 임신 소식을 전했을 때 그 누구보다도 기뻐하셨던 거로 기억한다. 아이가 떠나고 나서도 매일 같이 병원 로비에 출근하듯 방문하시며 우리를 걱정하셨고, 시간이 한참 지난 지금까지도 항상 곁에 계신다.

수화기 너머 들려오는 다정한 목소리에 갑자기 미간이 뜨거워지는 것을 느꼈다. 그 질문에 나는 '커피요.'라고 대답하며 눈물을 왈칵 쏟아냈다. 아마 눈물이 날 정도로 커피가 먹고 싶은 마음에 그랬을 수도 있겠지만 곁에서 내 마음을 돌보려 애쓰는 사람이 있다는 걸 느껴서 절로 눈물이 났나 보다. 목사님 내외께서는 울컥하는 내 목소리를 듣고 얼마나 걱정하셨는지 커피를 종류대로 사서 품에 안겨주셨다. 이렇게까지 마음을 배려받을 수 있다는 건 참 감사한 일이었다.

한번은 의도치 않게 많은 분의 응원을 받은 적도 있었다. 수술하고 얼마 지나지 않은 때였을 것이다. 아침 일찍부터 소속사에서 연락이 왔다. 아마도 언론

사에서 아내가 유산한 이야기를 입수하고 기사화해도 되겠냐 허락을 구하려는 모양이었다. 우리의 소식을 어떻게 알았는지는 몰라도 말과 소문이 이렇게나 빠르고 무섭다는 걸 느꼈다. 고민할 시간을 하루만 더 달라고 회사 대표님께 부탁했던 기억이 난다. 가끔은 불특정 다수의 이해와 배려를 바라지만, 이 또한 내가 선택한 직업에 따르는 책임이기에 불편함까지 전부 안고 가야 했다.

우리 부부의 이야기는 우리가 직접 전하는 게 맞고, 아내가 수술실에 들어갈 때부터 이미 각오한 일이기도 했다. 그래도 우리를 아껴주고, 사랑해주고, 응원해주신 분들에게는 소식을 알리는 게 맞았다. 아내에게 그동안 틈틈이 써놨던 편지 내용을 보여주며 괜찮은지 상의했고, 흔쾌히 동의해서 그대로 SNS에 소식을 올리기로 했다. 아내가 수술실에 있을 때 곁에서 대기하며 쓴 편지라 다소 두서가 없고 직설적이기도 했지만, 그때의 감정이 고스란히 담겼기에 따로 돌려서 말하거나 수정하고 싶지는 않았다. 그리고 우리 공주를 보낸 지 나흘째 되던 날에 나의 SNS 계정에 편지글을 올렸다.

안녕하세요, 진태현입니다.

2022년 8월 16일 임신 마지막 달, 폭우와 비바람이 끝나고 화창한 정기 검진 날, 우리 베이비 태은이가 아무 이유 없이 심장을 멈췄습니다. 3주만 잘 이겨냈다면 사랑스러운 얼굴을 마주했을 텐데, 정확히 예정일 20일을 남기고 우리를 떠났습니다. 9개월 동안 아빠, 엄마에게 희망을 주고 사랑을 주고 모든 걸 다 주고 얼굴만 보여주지 않은 채 떠났습니다.

많은 분께 응원과 사랑을 받아 우리 태은이 정말 행복했을 것 같습니다. 다시 한번 고개 숙여 감사의 인사를 드립니다. 방송국에서 초대해주셨던 시간도 후회하지 않고 SNS로 함께 공유했던 시간도 후회하지 않습니다. 추억으로 잘 간직하겠습니다. 응원해주셔서 정말 감사합니다.

앞으로 아내 마음 잘 보살피고 몸도 잘 회복하도록 옆에서 많이 도와야겠습니다. 저희 부부를 사랑해주시는 분들 모두 정말 감사합니다. 저희에게 찾아온 기적 같았던 시간을 소중하게 간직하고 늘 그랬듯이 잘 이겨내겠습니다. 눈물이 멈추지 않지만, 우리 가족을 위해 일어서야 하니 조금만 더 울다가 눈물을 멈추겠습니다.

아이를 기다리는 수술실 앞에서 다른 아버지와는 다른 의미로 아내를 기다렸던 경험 덕에 겸손함 뿐만 아니라 제가 살아온 인생 전반을 뼈저리게 반성했습니다. 생명을 기다리는 아빠들과 생명을 기다렸던 아빠. 지금까지 보냈던 시간이 꿈인지, 아이를 보내고 나서부러 흘렀던 모든 시간이 꿈인지 모르겠지만, 모든 게 현실이라고 잘 받아들여야 이 시간을 건강하게 보낼 수 있을 것 같습니다.

지금보다 아내를 더 사랑하고 아내와 모든 것을 함께하겠습니다. 후회 없이 9개월 동안 우리 태은이를 많이, 많이 사랑해서 다행입니다. 너무나도 슬프지만, 하늘에서 더 신나게 놀 생각을 하니 조금 웃음이 나기도 합니다. 나중엔 꼭 우리 태은이 하늘나라에서 아빠랑 같이 살았으면 좋겠습니다.

잘 회복하겠습니다. 그리고 다음에는 꼭 완주하겠습니다. 우리 부부를 위해 기도해주세요. 팬들과 지인들이 보내주신 모든 선물은 잘 간직하다가 또 다른 태은이가 오면 그때 사용하도록 하겠습니다.

사랑하는 내 사랑 시은아, 불운도 아니고 누구의 탓

도 아니니까 자책만 하지 말자. 지금은 그냥 슬퍼하
기만 하자. 고생했어, 9개월 동안 태은이 품느라. 이제
좀 쉬어. 그리고 누가 뭐라고 해도 내가 괜찮아. 사랑
해.

– 2022년 8월 19일 인스타그램 게시글

이 편지와 아내를 위한 마음을 가득 담은 글은 아
직도 지우지 않고 그대로 남겨두었다. 태은이와 함께
했던 모든 추억과 사진도 그대로다. 앞으로도 지우거
나 없애고 싶지는 않다. 이렇게나마 소식을 전하고 나
니 남은 모든 과정이 조금도 두렵지 않았다. 그리고
편지를 올린 지 얼마 지나지 않아서 오후쯤에는 좋
은 소식이 들려왔다. 마음을 담아서 썼던 편지글이 많
은 사람에게 닿았는지, 각종 포털 사이트와 인터넷 기
사에 우리의 이야기가 가득하다는 것이다. SNS와 각

종 기사의 댓글을 통해서 실로 감사한 위로를 받았다. 많은 언론인과 뵌 적 없는 동료 연예인들까지…. 생각보다 더 많은 사람이 우리의 슬픔에 공감하고 응원을 보내주셨다.

'사람(人)'이라는 한자는 인간이 서로 기대고 있는 모습을 그대로 만든 글자라고 한다. 아이러니하게도 비극적인 사건 뒤에는 의외로 기적 같은 일이 많이 따르고는 한다. 본 적 없는 존재들이 만나 서로 기댈 어깨를 내주는 행위, 그것이 곧 기적 같은 일이 아닐까. 누군가에게 아무런 대가를 바라지 않고 사랑과 응원을 보내는 것, 겪어보지 않은 사람들은 모른다. 그게 얼마나 신기한 현상인지, 그게 얼마나 죽어가는 사람을 살리는 고귀한 행위인지.

소중한 것을 지키는 법

아이가 무사히 태어나지 못했다고 해도, 아내는 9
달 동안 아이를 품었기에 다른 산모와 똑같이 산후조
리를 해야만 했다. 주치의 선생님께서는 조금씩이라
도 걷는 연습을 하고, 적응하면 슬슬 가벼운 운동으
로 넘어가도 좋겠다고 제안하셨다. 나는 아내의 손을
꼭 잡고서 조금씩 천천히 병동을 도는 연습부터 시작
했다. 물론 처음부터 쉬웠던 것은 아니다. 자연분만한
산모보다 제왕절개 수술을 받은 산모의 회복이 더딘
것처럼, 아내 또한 처음에는 바닥에 한 걸음 내디디는

것조차 힘들어했다. 그러나 모든 걸 천천히 하기로 다짐했으니 세상에서 가장 따스한 마음으로 아내의 가장 가까운 곁을 지키기로 했다.

가벼운 병동 산책을 끝내고 병실로 돌아가는 길이었다. 어느 날 문득 문 앞에 적힌 글씨들이 눈에 들었다. 병실의 문 앞에는 환자의 나이와 이름이 적혀있는데, 찬찬히 살펴보니 아내의 나이가 가장 많았다. 아내가 늦은 나이에 고생하는 것 같아 한없이 미안해지기 시작했다. 그러자니 마음이 쓰여 오후에 회진을 오신 선생님께 퇴원 얘기를 살며시 꺼내놓았다. 병원에는 출산한 산모가 많다 보니 다른 산모를 볼 때마다 아내의 마음에 금이 가지는 않을까 걱정되었기 때문이다. 선생님은 회복도 잘하고 있으니 하루 정도 지나고 경과를 봐서 괜찮으면 그때 퇴원하자고 말씀하셨다. 아마 조금 더 입원해야 하지만, 우리가 안쓰러워 하루라도 빨리 퇴원하도록 배려해주신 게 아닐까 싶다. 경과를 보고 결정하신다고 하니 내일까지 선생님 말씀을 잘 들어야 한다며 서로 농담을 주고받았던 장면이 떠오른다.

　퇴원이 확정되어 마지막 밤을 보내던 날에는 병실 침대 곁에 누워있다가 문득 눈이 뜨였다. 그때가 새벽이었는지 창문에 달린 블라인드 틈으로 새어 나오는 빛은 푸른색이었다. 화장실 벽에 달린 거울을 보자 어둠이 얼굴을 뒤덮는 것만 같았다. 갑자기 눈앞이 캄캄해져서 손으로 눈을 세게 벅벅 비벼보았다. '피곤해서 그런가?' 찬물로 세수해보아도 앞이 잘 보이지 않았다.
　불현듯 이유 모를 두려움이 몰려왔고, 다리에 힘이 풀리는 바람에 근처에 있던 변기 위에 털썩 주저앉았다. 행여 아내에게 우는 소리가 들릴세라 세면대에 물을 틀어놓고서 흐르는 물 사이로 내 눈물을 흘려보냈다. 아직은 아내를 돌봐야 한다는 일념 하나로 버티고는 있지만, 나에게 쉴 틈을 주지 않는다면 이대로 무너겨도 이상하지 않을 나날이었다. 내도록 아내의 곁에서 식사를 챙기고, 함께 걷는 연습을 하고, 원무과에서 퇴원할 때 받아야 하는 서류를 알아보고…. 이외에도 분주하게 챙겨야 할 게 많았기에 정작 내 마음은 챙기지 못했던 것 같다.

날이 밝은 후에 아내와 나는 병원을 나설 준비로 바빴다. 침대 위에 놓인 아내의 병원복을 보자 가슴속에서 뜨거운 감정의 덩어리가 울컥 올라오는 것이 느껴졌다. 마지막으로 주치의 선생님과 인사를 마친 후, 우리는 손을 맞잡은 채 당당하게 병원에서 걸어 나왔다. 수도 없이 많은 감정을 태워야만 했고, 생생한 아픔을 이리저리 흩뿌려야 했던 병동을 벗어나자 생각보다 홀가분했다. 우리는 그 입구를 지나쳐 나옴으로써 마침내 예쁜 별빛이었던 딸의 장례식을 마무리할 수 있었다.

"자기야, 우리 힘내자. 그리고 빨리 회복하자. 나 괜찮아. 자기도 괜찮을 거야. 우리, 집에 가면 다시 시작해야 해. 모든 걸 원래대로 돌려야 해."

집으로 돌아가는 차 안에서 혼자 연신 정신을 똑바로 차려야 한다고 되뇌었던 기억이 난다. '툭' 하고 건들면 금방이라도 무너질 것 같은 감정을 다잡아야만 나와 주변의 소중한 것들을 지킬 수 있었다. 그러나 그게 마음처럼 쉽지만은 않았는지, 집에 도착해서 바닥에 앉자마자 땅이 꺼질 듯 깊은 한숨이 절로 새어 나왔다. 집의 한쪽에는 태어날 아이가 받은 선물과 짐이 한데에 모여 잠들어 있었다. 이걸 보며 힘든 일이 있어도 조금만 더 힘내보자고 스스로 독려하던 모습이 선명하다. 저 자그마한 것들이 나를 살게 하다니 그저 신기할 따름이었다.

그 소소한 행복을 순식간에 잃어버리고 나서, 전혀

인과관계가 없는 생각들이 결합하고자 머릿속을 헤집고 다니는 것을 느꼈다. 혹시 살면서 그동안 알게 모르게 남에게 상처를 준 건 아닐까. 정말로 모르는 사이에 어떠한 잘못을 저지르지는 않았을까. 나도 모르는 새에 속으로 죄를 짓고 남을 미워하며, 내가 세상에서 제일 잘났다고 산 건 아닐까. 커다란 사랑에 감사해하지 않고 자만하며 살아온 걸까. 그래서 그 모든 것들이 벌로 돌아온 걸까. 지금 다시 떠올려보자면 이 모든 것은 갑자기 닥친 이별과 아무런 관련이 없다. 그저 당장 감당하기 힘든 슬픔에서 빠져나가고자 무엇에든 원인을 돌리며 도망치고 싶었던 건 아닐까 싶다.

그렇게 모든 것에 감사하자고, 모든 일은 나로부터 시작한다고 생각하자고 마음을 먹었는데도 커다란 슬픔 앞에서는 무용지물이었다. 지금 생각해보면 그게 지극히 당연한 일이다. 당시 나는 아이를 보낸 지 열흘도 채 되지 않은 초보 아빠였고, 아내에게 미안함을 품은 채 그 곁을 빙빙 맴도는 남편이었고, 동시에 가정 내의 모든 것을 지켜야 하는 울타리이기도 했다. 나에게 책임감이란 그런 것이었다. 내가 찢어지고 다칠지언정, 가슴에 품고 있는 것들은 티끌 하나 아프지 않도록 지켜내려고 노력하는 것. 미련하고 바보 같다고 할지언정, 그것이 내가 세상을 대하는 자세이자 사랑하는 것들을 보듬는 방법이었다.

상실은 쉽게 사라지지 않는다

　배우를 하면서 얼굴을 숨기거나 모자를 푹 눌러 써 본 적은 없다. 배우가 여타 직업보다 조금 특수할 뿐이지, 나 자체가 특별하고 잘났다고 생각하지는 않았다. 그렇기에 편안하게 반바지에 슬리퍼를 신고서 동네를 잘도 돌아다녔다. 자주 가는 마트의 계산대에서 자주 마주치는 이모와 스스럼없이 농담을 주고받고, 어려운 일이 있으면 속마음을 편안하게 나누기도 한다. 같은 동네에서 오가며 얼굴 볼 일이 잦은 주민들께 그저 하나의 이웃사촌처럼 편안하고 가까운 존재가 되고 싶었다.

그러나 병원에서 퇴원하고 얼마간은 그러질 못했다. 밖에 나설 일이 생기면 절로 모자에 손이 가고는 했다. 마스크까지 쓰면서 나 자신을 꽁꽁 싸맨 뒤에야 문을 나설 용기가 생겼다. 물론 지금에야 '그렇게까지 해야만 했나?' 하는 생각이 들지만, 당시에는 사람들의 시선이 버거웠던 것 같다. 죄를 지었다거나 수치심을 가질 만한 잘못을 하지 않았지만, 많은 사람이 나를 보며 무어라 얘기할까 하는 걱정들이 앞섰던 것 같다.

그럴수록 외부의 다른 것들에 신경 쓰기보다는 가정과 아내에게 온 마음을 집중해야 한다고 생각했다. 화요일부터 금요일 오전까지 나흘 정도 떠나있었을 뿐인데 마치 몇 달은 비운 것처럼 집이 허전했기 때문이다. 반려견인 토르와 미르가 반겨주어 잠시 웃어보았지만, 버석하게 마른 적막한 공기를 어찌하기에는 무리였던 것 같다.

오랜만에 돌아온 집은 참 좋으면서도 어려웠다. 9개월 동안 함께 지냈던 딸의 흔적이 이곳저곳에 묻어 있었으니까. 그동안 밀린 빨래를 하려고 세탁실에 들어갔는데, 유아용 세탁기와 세제가 눈에 들어왔다. 마치 떠나간 딸과 눈을 마주친 것만 같아서 또 한 번 가슴이 무너지는 듯한 좌절을 겪어야만 했다. 집에서는 매일 같이 예상하지 못한 곳에서 먼저 보낸 딸의 흔적을 맞닥뜨렸다.

그래서인지 머릿속을 어지럽히는 감정을 잊으려고 끊임없이 집안일을 했던 것 같다. 원래 집 청소와 빨래는 내가 도맡아서인지 그다지 어려운 일도 아니었다. 이 무렵에는 한창 회복과 안정에 집중해야 하는 아내를 위해서 '진태현 산후조리원'을 개원하게 됐다. 다음에 직접 산후조리를 해야 할 일이 생긴다고 해도 전혀 두렵지 않을 정도로 많은 일을 혼자서 해냈다.

집으로 돌아온 후 정말로 힘들었던 점을 하나 꼽으

라면 바로 잠이었다. 몇 주간 편안히 잠든 적이 어림 잡아도 다섯 손가락에 꼽을 정도였다. 깊은 밤이 찾아왔는데도 '잠을 어떻게 자는 거였더라?'라고 생각하며 그저 '누워있을' 뿐이었다. 정말 말 그대로 침대 위에 누워서 눈을 감은 상태긴 했으나 의식은 너무나도 또렷했다. 겨우 잠든다고 해도 달라지는 건 없었다. 눈을 뜨고 겨우 자리를 털고 일어날 때면 무언가 있어야 할 것이 없는 것 같은 허탈함과 상실감이 차오른 듯 온몸이 무거웠다. 그러다가 버거워지는 날이면 한 번씩 숨을 쉬기가 어려워 심호흡해야만 했고, 며칠 내내 현기증과 두통을 달고 살기도 했다.

우리 부부의 이야기를 SNS에 밝힌 지 얼마가 되지 않아서 인터넷과 각종 언론에 올라오는 글이 문제기도 했다. 우리를 위로하는 사람들도 많았지만, 무분별한 억측과 가짜뉴스 또한 함께 뒤섞여있었다. 어느 비공개 커뮤니티에서 새어 나온 사람들의 뒷말들과 부풀려진 거짓말 같은 것을 보고 들은 후로 주변의 관심이 부담으로 돌아오기 시작했다. 내 마음은 내가 다스리면 되지만, 가족과 아내의 마음까지는 어찌할 수 없다는 게 가장 속상한 일이었다. 아팠던 이별의 멍 자국은 과도한 관심으로 인해 더욱 자꾸자꾸 커져갔다.

그때 깨달았다. 상실이라는 건 절대 가벼이 여길 게 아니라는 것을. 간접적으로 경험한 사람들마저 쉽사리 놓지 못할 만큼 커다란 일이니 말이다. 그래서인지 이 시기를 잘 지나가려고 부단히 노력했고, 실제로도 잘 버텨준 나 자신에게 참 고생했다고 어깨를 토닥이고 싶다.

2부

위로의 날들을 기억하며

✳

창문 밖으로 새 한 마리가 같이 날았다

왠지 모르게 하늘나라에 간 내 딸 같았다

아니면 우리를 위로하는 천사 같았다

새는 계속해서 우리를 따라왔다

그러다가 큰 대로로 진입하기 전 하늘 높이 날아오른다

아주 우연한 작은 일로 크게 위로를 받는다

이 하늘을 기억하자

바람도 냄새도 돌아가서 지칠 때마다 기억하자

우리에게 일어난 이 모든 일에는 이유가 있다

우리에게 일어난 이 우연이 어떤 길을 인도할지 기대하자

우리는 앞으로 어떻게 가야 하는지 생각하자

우리는 앞으로 더욱 사랑해야 한다

계속 마음속에 기도처럼 반복했다

계속 마음속에 아직까진 떨림이 있다

완벽한 순간을 기다리지 말 것

사람이라면 누구나 안정된 것을 좋아한다. 그리고 그러한 상태를 가장 완벽하다고 생각하기도 한다. 하지만 인생에 '완벽함'이란 존재하기 힘들지 않을까 싶다. 서로가 다른 두 사람이 만나 연인 혹은 부부가 되는 과정도 그러하지 않던가. 처음부터 나와 완벽하게 맞는 사람을 만나는 것은 정말 어려운 일이다. 조금 다를지라도 사랑하는 마음으로 서로 다른 부분을 맞춰가며 조화로워지는 것이다. 한 치 앞도 모르는 것이 인생이라고들 한다. 당장 내일에 무슨 일이 일어날지 모르는데 완벽한 대비라는 것은 아마 하기 힘들 것이다. 모든 걸 대비하려다 되려 그 무엇도 지키지 못할 수도 있다는 생각이 든다. 때로는 그저 흘러가는 시간에 나를 맡기고 조금 더 유연하게 생각하는 것이 도움이 된다. 난 그걸 아내가 해준 말 한마디에서 깨달았다.

집은 나와 아내가 마련한 따뜻한 보금자리이자 가장 안정적인 곳이었다. 그러나 우리가 무탈하게 회복하기에 환경적으로 다소 부족한 곳이기도 했다. 나와 아내 이외에 돌보고 신경 써야 할 것이 너무나도 많았다. 변화가 필요했다. 이 상태로 계속 지낸다면 아내는 자기의 하루를 오롯이 자신만을 위해 쓸 수 없었다. 사실, 병원에 있을 때부터 어디론가 멀리 떠나고 싶어 했기에 그때부터 한적하고 조용하게 머물 수 있는 곳을 찾아야겠다는 생각은 하고 있었다. 퇴원하고 집에 돌아와서도 아내는 서울과 멀리 떨어진 곳으로 가고 싶다는 말을 자주 했다. '이제 조금씩 버거워지기 시작하는구나. 모른 척했던 아픔과 슬픔이 몰려오기 시작한 거구나.' 그렇게 생각하자니 더는 떠나는 것을 미룰 수 없었다.

어디로 가고 싶은지 생각할 시간을 줬고, 며칠 뒤 아내는 제주도에 가고 싶다고 했다. 그러나 8월 말 당시, 태풍 힌남노가 한반도를 강타한다는 뉴스가 계속해서 이어지던 때였다. 한시라도 빨리 떠나고 싶긴 했지만, 아내의 안위와 건강이 가장 중요했기에 무리해서 서두르고 싶지는 않았다. 태풍이 지나고 대기가 안정되는 9월 초에 떠나기로 했지만, 아내는 얼마 지나지 않아서 자기 때문이라면 괜찮으니 그냥 되도록 빨리 제주도로 내려가자고 했다. 차라리 빨리 내려가서 제주도에 부는 태풍을 먼저 맞이하고 싶다 했다. 아마도 태풍이 지나가는 그 자리에 머물면 내면을 괴롭히는 무언가를 씻어내릴 수 있으리라 믿었던 것 같다. 아니면 그저 이리저리 복잡하고 자기를 옭아매는 것 같은 서울을 빨리 떠나고 싶었는지도 모른다.

서울을 떠나기 전에 마지막으로 병원에 방문해서 제주도로 움직여도 될지 상의드렸다. 사실 내가 봐도 아내의 몸 상태로 장거리 이동은 무리였을 게 분명했다. 그러나 마지막까지 곁에서 모든 걸 지켜보신 선생님은 현재 우리에게 가장 필요한 게 무엇인지 알고 계신 듯했다. 선생님은 잠시 고민하시더니 정말로 필요하다면 잠시 내려갔다 오는 것도 좋은 방법이겠다고 말씀해주셨다. 원한다면 제주에 있는 괜찮은 병원을 소개해주겠다고 배려도 해주셨다.

지금 다시 생각해보면 9월까지 기다리지 않고 하루라도 더 빨리 떠나기로 한 것은 옳은 결정이었다. 떠나기 며칠 전까지도 나는 계속해서 조바심을 내며 아내에게 묻고는 했다. 정말 괜찮겠냐고, 좀 더 쉬면서 회복하고 떠나도 늦지 않다고. 그때 아내가 내게 했던 말이 아직도 기억에 남는다.

"자기야, 세상에 완벽하게 안전한 게 있을까? 그냥 살아가면서 헤쳐나가는 게 맞는 거 아닐까?"

맞는 말이다. 모두 안위와 행복을 추구하며 살아가지만, 완벽하게 행복하고 안정적인 것은 어디에도 없다. 각자에게 주어진 상황에 맞게 대처하면서 살아가는 것일 뿐, 나를 위해 완벽하고도 알맞게 딱 맞춰진 현실이라는 건 존재하지 않는다. 9월 초가 됐다고 해서 떠나기에 완벽한 조건이 갖춰졌을까? 내 마음이 완전하지 못하다면 9월이 되어도, 10월이 되어도 난 서울을 떠나겠다는 결정을 내리지 못했을 것이다. 어쩌면 아내가 내 마음속 깊은 곳에 자라나는 망설임을 미리 꿰뚫어 보았기에 하루라도 빨리 떠나야겠다고 결정했을지도 모를 일이다.

그 말을 듣고 나서는 정체된 24시간을 억지로 보내는 나에게 필요한 것이 무엇인지 다시 생각하게 되었다. 내 시간이 이렇게 정체된 이유는 딱히 정의할 수 없는 무거운 돌덩이 같은 것이 내 존재를 짓누르고 있기 때문이라고 결론 지을 수밖에 없었다. 더디게 흐르는 시간은 나와 내 주변의 회복을 방해하는 요소 중 하나였다. 나를 관통하며 흐르는 시간을 원래대로 되돌리기 위해서라도 떠나야 했다.

현재를 되찾기 위해서 과거를 구겨 넣듯이 가방에 옷가지를 하나하나 챙겼다. 그러다 문득 혈관을 턱 막는 혈전을 만난 것처럼 가슴이 꽉 막히는 듯한 느낌을 받는다. '아, 우리 딸이 없구나. 떠나는 건 나와 아내 둘뿐이구나.' 이조차도 완벽하게 안전하지 못한 나의 현실이기에 받아들여야만 한다. 태풍이 찾아와서 세찬 비가 내리고, 모든 걸 날릴 것 같은 바람이 불어도 그것을 이겨내야만 비로소 안전이 찾아온다. 그리고 스스로 지켜낸 안전을 손에 넣은 그때야말로 우리의 원래를 되찾을 수 있을 것이었다.

처음으로 돌아가 다시 시작한다는 말은 정말 쉬워 보인다. 그러나 되돌아가는 길이 저기 한참 멀리에 있는 것만 같은 우울감은 다리에 모래주머니를 다는 듯이 내 걸음을 무겁게 붙잡는다. 그러나 멈출 수는 없다. 한없이 몰려오는 현실이라는 모래가 나를 파묻을 것이기에. 그래서 오늘도 무거운 다리를 들어서 완벽하게 안전하지 못한 내 삶을 헤쳐나가고 있다.

시간은 나를 위해
멈춰주지 않는다

제주도로 태교 여행을 떠난 적이 있다. 산달이 가까웠기에 조심스러웠지만, 맑은 공기를 들이마시며 좋은 풍경을 보고, 좋은 것만 먹으며 배 속의 아이와 우리 두 사람에게 집중하는 시간을 갖고 싶었다. 우리가 결혼한 이후 가장 중요한 시기라고 여겨서 앞으로의 생활에 대해 생각을 정리할 시간이 필요하기도 했다. 아이가 태어나기 이전과 이후의 생활은 180도 달라질 테니까. 미래를 꿈꾸고 계획하는 동안 참 행복했다. 평소 행복이라는 단어에 그다지 마음이 동하는 사람이 아니었지만, 그때만큼은 정말 '이런 게 행복이구 나.' 하고 느낄 정도였다.

우리가 모든 것을 제대로 '잘' 정리하기 위해서는 한때 아이가 있는 생활을 꿈꾸며 행복해했던 그곳으 로 가야만 한다고 생각했다. 아내도 그곳으로 가서 마 음껏 추억하며 울어보고 싶다고 했다. 갑자기 드는 생 각이지만, 그곳에 가면 아이를 보고 느낄 수 있다고 생각했던 걸지도 모르겠다. 제대로 만나보지 못하고 이별부터 준비하는 게 절대로 쉬운 일은 아니지 않은 가. 그때까지만 해도 난 아직 꿈에서라도 아이를 만났 으면 했다. 현실을 부정하는 것은 아니었지만, 꿈에서 라도 제대로 만나서 후련하게 보내주고 싶었다. 그게 내가 원하는 이별의 방식이었을지도 모른다.

공항으로 출발하기 위해 차에 올랐다. 그동안 병 원, 집 앞, 한강 말고는 외출한 적이 없어서 차로 빽빽 한 강변북로가 낯설기만 했다. 2주 넘도록 아무것도 하지 못했던 우리와는 전혀 다른 풍경을 보며, 그간 우리만 흘러가는 시간 속에 멈춰있었구나 하는 생각이 들었다. '시간은 내가 슬픈 일을 겪었다고 해서 나를 위해 멈춰주지 않는다.' 어디선가 보았던 글귀 같은데, 그때의 나에게 꼭 들어맞는 말이었다.

드라마, 책, 인터넷 기사 등에서 이별한 사람들의 이야기를 접하다 보니 모두 시간의 어느 한 점에 묶여 벗어나질 못하고 있다는 걸 깨달았다. 그리고 그들이 묶여 있는 어느 한 점은 대부분 가장 행복하고 안온했던 시간이거나, 이별하지 않을 수 있었던 마지노선의 날이었다. '내가 이렇게 했다면' 혹은 '내가 이렇게 하지 않았다면' 나에게 이런 일은 일어나지 않았겠지 하고 괴로워하는 것이다.

어느 한 점 속에 빠져버린 발을 빼는 것 또한 시간이 해결해주는 것이 아닐까 하는 생각이 들었다. 어차피 나를 위해 멈춰주지 않을 시간이라면 그저 그 흐름에 몸을 맡기는 것이 최선이 아닐까. 흔히들 시간이 약이라고 하지 않던가. 강변북로를 운전하면서 넓은 차들이 한 방향으로 쭉 달리는 것처럼 우리도 달려나가야 한다고 생각했다. 아마도 그렇게 앞만 보고 달리다 보면 나도 모르는 새에 시간이 흘러 있을 것이고, 흐르는 시간 틈새로 슬픔이 흘러나가지 않을까 싶었다.

강변북로에서 김포 공항까지는 그다지 멀지 않았다. 공항에 도착한 후, 비행기에 올라타기 위해 게이트를 지날 때 아내의 손을 꼭 잡았던 것이 생각난다. 우린 언제나 둘을 하나처럼 생각했기에 어딜 가든 손을 잡고 다녔다. 이날부터 제주에서 집에 돌아올 때까지 마주 잡았던 손의 의미는 조금 달랐지만, 맞닿은 온기에 담긴 뜻은 같았다. '혼자 두지 않을게. 당신이 아프면 나도 같이 아파할게.' 그렇게 생각하면 나도 모르게 더 당당해졌고 걸음걸이에 힘이 실리고는 했다. 그 일을 겪기 전에나 겪은 후에나 똑같이 아내가 나를 이루는 세상의 전부라고 여겼기에 절대로 마주 잡은 손을 놓아서는 안 됐다.

비행기에 올라서는 좌석에 앉아 사람들의 인사를 많이 받았다. 감사하게도 전부 밝은 표정으로 반갑게 인사해주셔서 오랜만에 많이 웃었던 것 같다. 비행기가 이륙한다는 신호가 오가고, 비행기 실내 스피커에서는 안전벨트를 잘 맸는지 확인해달라는 안내 방송이 흘러나온다. 비행기는 양력을 받기 위해 그 어느 때보다도 빠르게 달린다. 그 속도를 따라 나도 달리는 것만 같다. 바퀴가 지면으로 떠오르면서 공중에 뜬다. 그러자 내 마음도 저 구름 근처로 붕 뜬 것처럼 몽롱함이 느껴진다. 무거운 기체(機體)는 강한 햇볕을 받으며 정해진 경로를 맞추기 위해 잠시 하늘 위를 유영한다.

하늘이 그 어느 때보다도 가깝다. 하늘 너머 포근한 구름에 곤히 잠들어 있을 태은이를 그린다. 비행기를 타고 가서 잘 지내고 있는지 볼 수 있다면 참 좋을 것 같다. 그럼 이 아픈 마음도 조금 잠잠해질 텐데. 지금까지 살면서 하늘나라에는 아픔도 슬픔도 없다고 믿고 싶었다. 험난하고 긴 길을 걸어 당도한 곳에 또 다른 시련이 있다고 생각하면 쉽사리 떠날 수도, 떠나보낼 수도 없으니까. 하늘 위를 나는 동안 잠시나마 눈을 붙이려고 했으나, 머릿속에 떠오르는 생각들이 잠들지 못하게 했다. 앞으로 제주에서 어떤 시간을 보낼지 걱정 반, 기대 반으로 들떠서인지도 모를 일이었다.

비행기가 뜬 지 얼마 되지도 않은 것 같은데 벌써 착륙을 준비한다는 안내 방송이 나왔다. 조금씩 속력을 줄이며 공중을 빙글빙글 도는 기체의 창문 너머로는 한동안 우리를 따뜻하게 품어 줄 섬의 풍경이 보인다. 아이가 있는 하늘과 현실을 살아내야 하는 우리가 있는 땅, 그 어딘가를 부유하는 지금은 마치 내 마음과 그리도 똑같을 수가 없었다. '대체 이런 일을 겪고도 어떻게 정상적으로 살 수 있지?'라고 좌절하는 나와 '언제까지 슬퍼할 수만은 없어. 털고 일어나야만

해'라고 만류하는 내가 충돌하고 있었으니까.

아늑한 비행을 위해 꺼졌던 조명이 켜지고 모두 비행기에서 내릴 준비를 한다. 이제 나도 아내도 크고 무거웠던 '이별'에서 내릴 시간이다.

결국 태풍은 지나갈 거야

제주도에서 머물기로 한 집에 도착하자 며칠 먼저
보냈던 자가용이 도착해있었다. 차 안에는 이곳에서
생활할 때 사용하려고 챙겨둔 짐이 많았기에 무사히
도착해서 다행이었다. 안에 실린 수많은 짐을 내리고
나니 이제야 본격적으로 애월살이가 시작되는 것 같
았다.

서울에서 비행기에 오르는 순간부터 애월에 도착
하기까지 나는 곁에서 아내에게 기분은 어떤지, 불편

한 곳은 없는지 계속해서 묻고는 했다. 제주에 내려오기 며칠 전부터 건강 상태가 그리 좋지는 않았기에 걱정이 많았다. 아내는 참 큰 사람이다. 가끔은 놀라우리만치 차분하고 현명하다. 그러나 이번에 겪은 큰 이별에는 태연할 수 없던 모양인지, 표정만 보아도 많이 지쳤다는 걸 대번에 알아챌 정도였다.

제주에 오기 전까지 아내는 혼자 숨어 울거나, 잘때 숨죽여 소리 없이 우는 일이 많았다. 자기보다 어린 남편에게 짐이 될까 봐 본인을 숨겨야만 했고, 집안에 돌봐야 할 존재들이 많았기에 강한 척해야만 했다. 사실, 힘이 들 때는 당장 마음을 힘들게 하는 감정을 숨기기보다는 표출하는 것이 훨씬 더 큰 도움이 되겠지만, 서울에 있을 때는 그럴 여력이 전혀 없었을 것이다. 그렇기에 애월에 오자마자 '마음 놓고 울 수 있어서 다행이다.'라고 생각했던 것 같다.

병원에서 퇴원한 뒤로 우리의 소식을 접했을 주변 지인들에게서 딱히 이렇다 할 연락이 온 적은 없었다.

하지만 제주 공항에 도착해서 핸드폰의 비행기 모드를 풀자, 잠잠한 줄로만 알았던 화면에는 응원의 메시지며 부재중 통화를 알리는 창이 연신 떠올랐다. 연예계 선후배부터 운동하는 지인들까지 우리에게 애도할 시간을 줘야 한다고 생각했던 모양이었다(다들 연락하고 싶은 마음은 굴뚝 같았지만 2주는 참았나 보다).

집 주변으로는 돌담길이 보였다. 척 보아도 단단할 것 같은 검은색 현무암이 가는 길마다 곡선으로 길을 내고 있었다. 아직은 더위가 가시지 않은 9월, 제주 바다의 푸르름을 가득 안은 바람이 훅 끼쳐왔다. 몇 주 전까지 맞았던 아스팔트 속 뜨거운 바람과는 사뭇 달랐다. 또 다른 방향에서 날아오는 바람은 한라산을 넘어왔는지 조금 더 시원했다. 내 머리칼을 흔들고 지나가는 방향을 따라 고개를 돌리니 애월 앞바다에 파도가 요동치고 있었다.

이곳에 있으면 꼭 흐르는 바람이 내 아픔을 싣고 가 바다에 흘려 보내줄 것만 같다. 뜨겁게 데인 상처로 붉어진 마음을 가라앉혀줄 것만 같았다. 파도에 아주 조금씩 깎여나가는 돌처럼 내 안에 있는 슬픔의 크기도 점점 작아질 것 같다. 세차게 몰려왔다가 거품을 내며 부서지는 파도처럼, 그동안 외면했던 감정에 정면으로 부딪치며 부서져야 하는 때가 온 것이다. 조수석에 앉은 아내 또한 창밖으로 세차게 치는 파도를 바라보고 있었다. 저기에 있는 바다와 돌 그리고 불어오는 바람을 느끼며 나와 같은 생각을 하고 있을까? 나도 아내도 단 하룻밤 새에 아이가 떠나면서 모든 게 변해버렸다. 그러나 땅 위에 굳게 서 있는 돌담은 변하지 않는다. 아무리 강한 바람이 불어도 웬만해서는 쓰러지지 않는다. 나는 우리가 서로에게 굳은 돌담이 되어주기 위해 이곳에 왔다는 것을 다시 한 번 상기했다. 멍하니 하늘을 보던 아내는 내가 틀어준 CCM을 들으며 살며시 미소를 짓는다. 그 모습을 보아하니 어쩐지 나와 비슷한 생각을 하는 것 같아 집을 향해 핸들을 돌린다.

　태풍이 온다는 소식이 여러 매체를 통해 연이어 들려오는 나날이었다. 천둥이나 번개는 없었지만 세차게 부는 바람 소리가 제주를 삼키려고 했다. 심상치 않은 바깥 날씨가 아내의 기분에 영향을 미칠까 노심초사 보냈던 밤이었다. 밖은 생각보다 별일이 없는 듯 어제 보았던 풍경이 그대로였다. 불안에 빠져 걱정하던 밤이 무색하게 태풍이 그냥 지나갔듯이, 우리 인생에 찾아온 태풍도 이대로 무난하게 지나쳐주리라 믿고 싶었다. 검었던 하늘이 열리며 그 새로 빛 한 줄기가 새어 나오는 게 보였다. 그리고 돌아가서 아내에게 말했다.

　"아무 일도 없었어. 이제 괜찮아."

이건 날씨 이야기이자, 앞으로의 내 마음을 표현하는 말이기도 했다.

무심하게 전해지는 온기

제주에 내려와서 가장 기억에 남는 일 중 하나를 꼽으라면 민족의 대명절인 추석을 뜻깊게 보낸 것이다. 제주에 내려간 지 얼마 되지 않아 바로 명절을 쇠어 더 기억에 남는다. 아무런 연고가 없는 곳에 있다보니 태어나서 가장 조용한 추석을 보내게 되었는데, 마침 제주에는 신혼여행 때부터 가깝게 알고 지내는 아이들이 있었다.

지금은 모두 어른이 되어 각자의 삶을 사느라 들여다보지 못했지만, 중·고등학생 때까지는 항상 연락하고 집에 초대도 하고는 했다. 오랜만에 얼굴도 보고 그간의 이야기도 나누기 딱 좋은 시기라고 생각해서 아내에게 조카들을 초대해보는 게 어떻겠냐고 물었다. 으레 다가오는 명절을 맞이하는 마음이 그렇듯, 무언가 부담스러우면서도 한편으로는 즐거움과 기대감으로 설렜다. 어떤 음식을 해 먹을지, 장 보면서 무엇을 사야 할지 즐거운 생각에 마음이 들뜨고는 했다.

명절을 나기 위해 아내와 함께 제주시에 있는 동문시장에 가기로 했다. 안 그래도 사람이 많은 곳이 시장인데 명절을 앞두고 더욱 사람들로 붐빌 풍경이 머릿속에 떠오르자 아내 걱정이 앞섰다. 아내는 언제까지 숨어 있을 순 없다며 대답했지만, 사실 그건 나 자신을 향한 걱정이기도 했다. 아직은 사람들 앞에 나설 용기가 나지 않았으니까. 죄를 지은 것도 아니고, 사람들이 내게 손가락질하며 비난하는 것도 아닌데 그때는 왜 우리를 걱정해주시는 분들의 시선이 무서웠는지 잘 모르겠다. 아마도 가족을 제대로 지켜내지 못했다는 죄책감에 그랬던 것 같은데 언제까지 이럴 순 없다며 많이 보고, 많이 웃고, 많이 인사하자고 먼저 말해주는 아내가 참 고마웠다.

　다행히도 생각보다 시장에는 사람이 많이 없었다. 우리가 조금 이른 시기에 시장에 들른 모양이었다. 전, 떡, 과일, 고기 등등 시장에 있는 풍경 하나하나를 눈에 담아보았다. 필요한 것들을 알차게 사고, 떡볶이도 하나 주워 먹고, 내가 좋아하는 소라와 전복 그리고 멍게도 샀다. 시장을 구경하며 걷는 길 내내 어머님들은 한걸음에 달려와서 나와 아내를 참 많이도 안아주셨다. 아무래도 자식을 가진 부모라면 누구나 공감할 만한 일이었나 보다. "고생했어.", "잘 챙겨 먹어요.", "태현 씨가 더 잘해야겠다!" 한마디씩 해주실 때마다 우리가 들고 있는 비닐봉지 안으로 무언가를 쑤욱 넣어주시기까지 했다. 웃으며 또 놀러 오라는 말에 모든 분께 고개 숙여 정중하게 인사했던 기억이 난다. 지금 생각해도 정말 감사한 일이다.

집에 돌아가기 위해서 유료 주차장에 들어서는데 누군가 주차비 정산소에서 뛰어나와 우리를 불렀다. 문 밖으로 나간 아내는 그분과 껴안고 있었다. 아내는 얼마간 대화를 나누더니 흰색 통을 들고 차로 돌아왔다. 안에 든 건 우도에서 따왔다는 성게알이었다. 이 귀한 걸 통이 넘치도록 담아주셔서 감사한 마음에 주차비를 계산하며 큰 소리로 인사를 전했다.

돌아가는 길에 아내가 물어보았다. 명절이기도 하고 우리 조카들도 오는데 먹고 싶은 음식이 있냐고. 아무리 곰곰이 생각해봐도 아내가 해준 따뜻한 집밥 말고는 떠오르지 않았다. 성게알이 들어간 따뜻한 미역국에 밥을 먹고 싶다고 하니 더 맛있는 걸 해주겠다고 한다. 하지만 나는 끝까지 따끈한 미역국에 밥을 먹고 싶다고 했다. 오늘 시장에서 만난 모든 분의 마음을 우리의 밥상에 담아 다시 한번 느끼고 싶었다.

정이 가득한 응원과 위로가 힘이 되었는지 집에 도착한 아내의 표정이 한결 밝아졌다. 분명 저녁이 되면 땅끝까지 내린 어둠에 그렁그렁 울지언정, 이제 해가 뜬 낮에는 울지 않을 수 있다는 사실에 감사했다. 감사함을 회복하는 중인 걸 보니 조금은 눈물과 아픔으로부터 자유로워지는 중인 것 같다. 자유롭다는 게 곧 잊힘을 뜻하는 것은 아니지만, 오늘 하루 우리는 울지 않고 웃음으로 하루를 보냈다. 많은 분의 관심과 배려가 있었기에 가능한 일이었다. 시장이 북적거린 만큼 아내와 나의 마음도 따뜻한 정으로 꽉꽉 채워진 다복한 나들이였다.

힘들어도 멈추지만 않으면 돼

아침 일찍 운동을 다녀오니 아내가 장 본 재료로 맛있는 음식을 차려놓았다. 식사하기 전, 오늘따라 날씨가 좋아 집 안에 있는 모든 창문을 열어 바람길이 통하게 했다. 사방에서 들어오는 바람은 안 그래도 기분 좋은 아침을 더 상쾌하게 만들어줬다.

식탁에 마주 앉아 넌지시 아내에게 물어보았다. 오늘 날씨가 좋으니 가볍게 외출이라도 해보는 게 어떻냐고. 아내는 오랜만의 데이트를 반색하며 좋아했다. 그동안 가보고 싶었던 곳이 있느냐 물었더니 생각보다 많은 곳을 털어놓았다. 얘기했던 곳 중에서는 조용한 분위기 속에서 천천히 걸을 수 있는 미술관이 가장 좋아 보였다. 때로는 우리의 관심을 밖으로 돌리는 것도 필요하다는 것을 느낀 순간이었다.

오랜만에 단둘이 하는 데이트라 그런지 둘 다 잔뜩 기대감에 들떠있었던 것 같다. 미술관에 들르면서 맛있는 음식도 먹고 싶었고, 예쁜 카페도 가보고 싶었다. 이왕 집 밖으로 나가는 것, 시간이 조금 걸린다고 해도 이곳저곳 돌아다니며 기분을 전환하고 싶었다. 커피를 마신 후, 오늘의 전시와 식사 코스를 다시 한 번 정리해본다.

서쪽으로 가서 풍차들이 춤추는 선인장마을을 들른 후, 남쪽으로 내려가 현대미술관까지 간다. 대략 크게 잡은 코스 사이사이에 예쁜 카페나 갈 만한 밥집이 있는지 검색해본다. 그렇게 고민해도 결국에는 언제나 그렇듯 이미 가봤던 곳을 골라버린다. 도전을 즐길 줄 모르는 성격이라 그런지 언제나 이미 겪어본

확실한 것들을 좋아한다. 아내는 그런 나를 보며 또 웃는다. 정말 재미없게 산다고. 오랜만에 아내와 함께 보내는 시간을 위해 계획을 짜는 게 이렇게나 즐거운 일이었다는 것을 새삼 깨닫는다. 그리고 이렇게 행복한 것을 잊었을 만큼 내게 닥친 게 커다란 일이었구나 싶기도 하다. 하지만 결국 지금 우리는 웃고 있지 않던가. 그거면 됐다고 생각했다.

외출하기 위해서 옷장을 뒤지니 다시 한번 웃음이 나고 말았다. 어쩜 챙긴 게 전부 운동을 위한 옷뿐이었다. 그래도 이럴 때를 대비해서 청바지나 티셔츠 같은 것들을 챙겨서 다행이었다. 평소에 깔끔하고 단정한 차림을 선호했기에 그나마도 전부 단색 티셔츠뿐이긴 했지만 말이다. 어릴 때부터 단정하고 깔끔하게 살아야 한다고 교육을 받아서 그런지 지금도 옷 입는 것부터 시작해서 살아가는 태도까지 모든 게 다 단정한 게 좋다. 사람의 깊이라는 건 화려하게 꾸민다고 해서 볼 수 있는 게 아니니까.

애월과 한림을 지나 첫 번째로 도착한 곳은 선인장 마을이었다. 안내판에 선인장이 어디서 왔는지 정확히 적혀있지는 않았지만, 해변에 정착하여 자기들만의 군락지를 만들어 서식하고 있었다. 바다를 타고 왔는지 아니면 누군가 몰래 심어놓은 건지 알 수는 없었지만, 이곳에 자리를 잡고 그들만의 방식으로 터를 잡았다는 게 신기했다. 누구든 어디로 흘러서든 자리를 잡는다는 것을 느꼈던 것 같다. 우리도 서울에서 잠시 내려와 이곳에 자리를 잡은 것처럼 말이다. 매일 아침 운동도 하고, 태풍도 겪어보았고, 매일 같이 마트에 들러 장을 보고, 중고 거래 사이트에서 커피머신까지 구매했다. 주변에 단골 빵집과 국밥집도 생겼다. 우리도 우리만의 사정으로 흘러 흘러서 여기까지 왔다. 기특하게도 잘 살아남은 선인장에 마음속으로 안부를 묻는다.

'너희에게는 힘들고 아픈 일이 있지는 않니? 돌아

갈 곳은 있어?'

한참 선인장을 살펴보다가 차를 타고 더 서쪽으로 이동했다. 저 멀리 풍차가 바람의 힘을 받아 열심히 돌고 있었다. 저렇게 커다란 건물을 바다 근처에 만든 것도 신기했지만, 무거운 날개가 힘차게 돌아가는 광경도 장관이었다. 공영 주차장에 자동차를 세워놓고 아내와 바람이 부는 바닷가로 나갔다. 바람이 심하기는 했지만 못 걸을 정도는 아니었다.

바다와 풍차를 연결해주는 다리로 걸어가자 커다란 파도가 다리의 바로 밑까지 춤을 추며 다가왔다. 발아래서 치는 파도로부터 우리를 지켜주는 것은 좁은 다리 하나뿐이었다. 그 모습을 보자 사방에서 몰아치는 파도 위에 위태롭게 서 있는 나와 아내가 떠올랐다. 바다에서 몰려오는 파도가 우리를 삼키기 위해 뒤흔들고 있었다. 아주 좁고 가느다란 다리 하나가 있긴 하지만, 파도를 막아줄 정도로 튼튼하지는 못하다.

세찬 파도는 흰 거품을 만들고, 그것은 사방으로 튀며 우리를 함빡 적시고야 만다. 우리가 가야 할 길은 이렇게나 고되고 힘들 것이다. 사방에서 우리를 덮치는 포말처럼 언제, 어디서 몰려올지 모르는 슬픔이 우리의 마음을 아프게 때릴 것이다. 그래도 손잡고 가야만 한다. 포기하면 안 된다. 끊임없이 다리를 걷다 보면 그 끝에는 육지와 이어지는 모래사장이 나올 테니까.

풍력발전기에서 들려오는 소음과 커다란 바람에 몸을 맡긴 파도는 생각보다 커다랗고 무서웠다. 우리는 아주 천천히나마 포기하지 않고 다리의 끝까지 도달했다. 바다를 배경으로 사진도 찍고 기억에 남길 만한 동영상도 촬영하며 즐겁게 시간을 보냈다. 그 순간만큼은 모든 걸 잊을 수 있었다. 아주 예전, 우리 둘 이외에 그 무엇도 신경 쓰지 않고 서로만 바라보았던 그때로 돌아간 것 같은 기분마저 들었다.

차가운 바닷바람을 맞으며 오래 걸어서 그런지 아

내의 얼굴에 피곤한 기색이 돌았다. 혹시라도 힘들면 집으로 돌아가자고 했지만, 아내는 오랜만에 외출해서인지 계획에 있던 미술관까지 꼭 가보고 싶어 했다. 제주현대미술관은 지나가다가 언뜻 본 적은 있지만 들어가서 전시를 감상한 적은 없는 곳이었다. 우리는 전시회에 가서 작품들을 관람하는 걸 좋아한다. 예술적인 감각이나 그림을 보는 눈이 있어서 그런 건 아니고, 누군가의 노력이 그림이라는 아름다운 작품으로 남는 것이 보기 좋았다.

미술관에 도착하니 제주에 살고 계신 작가님의 전시회가 한창이었다. 제주의 아름다운 풍경과 소소한 일상을 담은 그림이 주를 이루고 있었다. 한참 그림을 감상하고, 앉아서 쉬기도 하고, 작가님의 전시회 소감도 들으며 여유로운 시간을 보냈다. 한국의 가장 남단에 자리한 미술관에서 좋기만 한 것들이 가득했던 시간은 아직도 잊히지 않는다.

2층으로 올라가는 계단을 보니 아내는 아주 커다

란 그림을 보고 있었다. 잠시 멈춰서 그 모습을 바라
보니 아내의 예전 모습이 떠오른다. 아내는 길거리에
서 캐스팅되어 18살에 데뷔한 배우다. 내가 방송국에
입사하고 단역 배우로 활동하던 시절에 출연했던 드
라마의 주인공 중 한 명이었다. 비록 주연과 단역 사
이에 존재하는 커다란 벽 때문에 당시에는 멀리서 바
라볼 수밖에 없었지만, 당시의 나에게는 어려우면서
도 한 번쯤은 말이라도 걸어보고 싶은 커다란 존재였
다. 그래서 내가 우러러보았던 사람의 곁에 서 있는
순간이 전부 기적 같기만 한가 보다.

아스라이 스치는 기억에 잠시 큰 창에 다가가 바깥
풍경을 바라보았다. 바다와 나무와 야트막한 언덕이
보인다. 나뭇잎은 바람에 흔들리며 앞뒤로 연한 초록
색과 진한 초록색을 번갈아 가며 보여주었다. 그 모습
이 꼭 내면에 흐린 얼굴과 밝은 얼굴을 모두 가진 사
람 같기만 했다. 하늘에 뜬 구름은 천천히 흐르며 간

간이 해를 가리고는 했다. 너른 하늘을 보며 가만히 오늘 하루를 돌아보았다. 평소와 다름없기도 했고, 평소보다 더 아내를 사랑하기도 했다. 참 다행이었다.

오늘 하루, 지극히 평범하고도 평상시 같았던 데이트가 내 심지를 굳게 만들었다. 아까 전, 바다에서 나 혼자서만 보았던 그 험난한 길을 헤쳐 갈 수 있겠다고 생각했다. 이렇게 흘러가다 보면 시간이 아주 오래 걸릴지언정 도착할 수 있다고 생각했다. 돌아가는 길, 해가 서쪽 끝에 있다. 저 녀석도 오늘 하루 즐거웠지 싶다. 바람, 파도, 나뭇잎, 언덕의 푸르름, 억새풀과 핑크뮬리, 그리고 노력하고 일어서려는 우리의 모습까지 모두 지켜보며 심심하지는 않았을 것이다. 이제 해는 핑크빛 하늘에 녹아내린다. 백미러에 비치는 해의 마지막 모습에 인사한다.

모두 고생했다. 나도, 아내도.

치유의 숲에서

　제주에 머문 지 3주 정도 되었을 때, 아내는 이제
서서히 돌아가야 하지 않겠냐는 말을 넌지시 꺼냈다.
원래는 한 달을 꽉 채우고 서울로 돌아갈 계획이었지
만, 제주에 머무는 기간이 길어질수록 자꾸만 우물 안
에 고여있으려고 하는 마음이 커질 것만 같았다.

　다행히도 아내의 몸이 많이 회복돼서 마지막 며칠
은 가고 싶었던 곳을 모두 들를 수 있었다. 특히나 자
연 속에 있는 걸 좋아해서 숲이나 공원을 많이 돌아
다녔던 것 같다. 그러다가 우연히 방송에서 보았던

'치유의 숲'이 떠올랐다. 한라산 안에 있는 코스였는데, 일반인에게는 조금 버거울 수 있어서 그동안은 아내와 함께 가기 어려운 곳이었다. 아내는 치유의 숲이라는 이름이 마음에 든다며 꼭 한번 가보고 싶다고 했다. 이름처럼 무엇이든 치유해줄 것 같았나 보다.

그렇다고 해도 아내는 몸을 회복한 지 얼마 되지 않았기에 바로 한라산에 들어가는 것은 무리였다. 우리는 그전까지 비자림, 절물공원, 한림공원 등 많은 곳에서 걷는 연습을 했다. 저 수평선 너머로 해가 지는 풍경을 보면서 이제 아픈 기억을 묻은 제주에서 떠날 때가 다가왔구나 싶었다.

날씨도 좋고 바람도 심하지 않았다. 마치 우리를 위해 하늘이 입산을 허락한 것처럼 쾌청했다. 우리가 가장 좋아하는 1115번 도로를 달리며 창문을 열어 시원한 바람을 느꼈다. 한라산의 정상은 해맑게 우리를 보며 웃어주는 듯하다. 쭉 뻗은 도로마저 앞으로 우리

앞을 가로막을 것은 없다고 말해주는 것 같다. 이 기억을 가지고 돌아가면 된다.

　주차장에 차를 세우고 산의 초입을 바라보자 왠지 단단히 마음을 먹지 않으면 해낼 수 없을 것 같은 초조함이 올라왔다. 커다란 봉우리 하나하나가 마치 앞으로 우리가 넘어야 할 큰일 같기만 했다. 누구도 대신 가줄 수 없고, 누구도 겪어보지 않아서 알 수 없는, 우리만이 가야 하는 커다란 길. 조금 경사가 있어서 아내에게 갈 수 있겠냐 묻자, 아내는 환하게 웃으며 고개를 끄덕인다. '그래, 힘들면 내가 있으니까 가자!' 힘차게 출발해본다.

　나무가 빼곡한 숲, 이파리 틈으로 햇빛이 샌다
　흘러들어온 햇빛은 반짝이며 내게 인사를 한다
　그러고는 그늘진 오솔길에 환한 구멍을 낸다
　돌길, 판잣길, 흙길, 풀길…

우리의 인생에도 여러 방향과 길이 있듯이
이곳에서도 수많은 길이 우리를 기다린다

하나하나 길을 발로 밟으며 경사진 오르막을 오른다
큰 숲은 적막하고 고요하기만 하다
바람에 흔들리는 나뭇잎만이 간간이 노래할 뿐이다
나무가 주는 백색소음은 마음에 안정감을 준다
'어서 와. 지금 네 마음은 좀 어때?'
피톤치드 향기로 우리를 안아준다

가끔 지나가는 사람들이 먼저 인사를 건넨다
우리에게 안부를 묻기도 한다
그리고 안아준다
전부 모르는 사람들이다
하지만 이곳에서는 모두가 아는 사람들이다

숲의 가장 깊은 곳에서 먼 곳을 바라본다

마치 터널의 끝처럼 출구가 보인다

강렬한 빛이 그곳에 있다

우리는 그 빛을 향해 끝없이 걸어야만 한다

치유의 숲에서 시간을 보내고 내려가는 길에 두 손을 꼭 마주 잡은 채 말했다. 괜찮을 거라고, 돌아가면 이제 정말 괜찮을 수 있을 거라고. 잃어버린 자리가 너무나도 크지만, 우리 두 사람은 여전히 제자리에 있으니 그것에 감사해하자고. 아내는 고개를 끄덕이더니 이내 무거운 분위기를 풀기 위해 '자기나 잘해.'라며 농담 아닌 농담을 던졌다. 마냥 가벼운 웃음은 아니었지만, 아내의 입가에 떠오른 미소를 보며 느낄 수 있었다. 정말 제주의 바람이 우리의 근심과 걱정을 가지고 날아갔다는 걸. 그래서 마음속에 짊어진 짐이 조금이나마 가벼워졌다는 걸.

출발했던 입구가 보이자 나는 뒤돌아 잠시 생각에 잠겼다. 주로 서울로 돌아가서 맞이할 현실에 대한 것들이었다. 도망치듯이 벗어난 서울로 다시 돌아가는 기분을 설명하자면 묘하게 어려웠다. 비유하자면 서울은 내가 살아내야 하는 인생 같았고, 제주는 내 어리광을 마냥 받아주는 엄마의 품 같았다. 엄마의 품에서 상처를 치유했으니 이제 세상으로 다시 돌아가야만 했다. 살고 살다가 또 버티고 버텨내다가 힘들면 엄마에게 푸념하듯이, 언젠가 못 버티고 지치는 날이 오면 다시 찾아오리라 그렇게 인사했다. 돌아갈 곳이 있다고 생각하니 처음으로 용기가 생겼다.

제주에서 보내는 마지막 날이라 그런지 날씨가 좋았다. 창문을 모두 활짝 열고서 불어오는 바람을 정면으로 맞았다. 창문 밖으로는 새 한 마리가 같이 날았다. 난 신기하게도 우리의 주변을 맴도는 새를 보며 태은이일지도 모른다고 생각했다. 그렇게 계속해서 숲길을 달리는 동안 함께하다가 대로변으로 나서자 하늘 높이 날아올랐다. 아주 작은 우연으로도 내 마음에는 커다란 위로가 자리했다. 돌아가서 지칠 때마다 꺼내 볼 하늘과 바람을 마음속에 담았다.

우리에게 일어난 모든 일에는 아마도 이유가 있을 것이다. 나를 찾아온 이 우연이 앞으로 나를 어디로 이끌지 기대하고 싶었다. 지금까지 어떻게 걸어왔느냐도 중요하지만 앞으로 어떻게 가야 할지를 생각해야 하는 시기였다. 우리는 앞으로 더 사랑하기로 했고, 더 기도하기로 했으며, 깨진 마음의 파편을 하나씩 주워 붙여보기로 했다. 다시 새 생명을 만날 날이 올 테니 어지러워진 내 마음을 깨끗하게 청소해놓기로 했다.

행복한 결말이라는 건 꼭 모두를 만족시킬 필요는 없었다. 누군가에게 인정받아야만 행복한 건 아니니까. 나에게 알맞은 행복을 찾으면 되는 것이고 내가 노력한 만큼만 행복하면 되는 거였다. 제주의 자연이 내게 그렇게 속삭여주었다.

다시 나아가기로 해요

　많은 일이 있었다. 그러나 조금은 가벼워진 마음을 가지고 돌아가기로 했다. 위로와 치유를 위해 제주에 왔는데 언제나 그렇듯 시간은 빛처럼 빠르게 우릴 스쳐 간다. 아내에게 휴가를 주러 선택한 제주행인데 외려 더 피곤하게 한 건 아닌지 혹은 아프게 한 건 아닌지 걱정하며 짐을 챙겼다.

　거의 한 달간 이어졌던 제주살이에는 여러 색이 함께했다. 무지개같이 찬란한 빛깔이 마음에 남아있다. 내 마음에 무지개가 뜰 때까지 너른 하늘이 함께해주었기에 가능한 일이라 믿는다. 매일 아침, 동쪽에서 붉은 태양을 보내줬고, 흐린 새벽에는 회색빛 구름으로 우리를 반겼다. 바다는 푸른색, 녹색, 진한 파란색, 검은색으로 매일 얼굴을 바꾸었고, 산은 옮기는 걸음마다 다른 초록을 선사했다.

이삿짐만큼 무거웠던 마음을 조금이나마 덜어내며 다시 돌아가기 위해 짐을 챙긴다. 방 한구석에서 짐을 챙기던 아내의 모습이 눈에 너무나도 크게 박혀서 죽을 때까지 잊히지 않을 것만 같다. '내가 아닌 다른 사람과 함께했다면 이렇게나 아픈 시간을 보내지 않았을 텐데.' 하는 원망스러움이 다시 불쑥 올라온다. 우리는 다시 서로를 마주 보고 울다가, 눈물을 닦아주다가, 괜찮다고 위로하다가를 반복한다. 이게 마지막으로 흘리는 눈물이라고 생각하니 도무지 멈출 기미가 보이지 않는다. 그러나 제주에서 받은 수많은 위로를 없는 일로 만들 수는 없다. 우리는 이유 모를 이 눈물을 제주에 남겨두고 서울까지 가져가지 말자고 다짐했다.

　우리가 제주에서 확실하게 얻은 답은 없다. 아픔이 완전히 말소된 것도 아니고, 딸에 대한 그리움이 완전히 증발한 것도 아니다. 그러나 정처 없이 그저 막연한 슬픔의 소용돌이에서 벗어났다는 것 하나는 확실했다. 그 작은 한 걸음이 우리에게는 아주 커다란 시작이었다. 우리는 각자의 가슴에 얻은 확신을 품고 서울행 비행기에 올랐다. 이제는 저 하늘에서 우릴 지켜보는 태은이의 표정이 아주 밝고 사랑스러울 것만 같다. 그래, 우리 딸은 내가 보고 싶으면 언제든지 볼 수 있었다. 고개를 들어 하늘을 바라보기만 하면 되니까.

3부

나만의 방식으로 흘려보내기

✳

낙엽들과 함께 앉아 친구 삼아 대화한다
강을 바라보며 하늘을 바라보며 대화한다
넌 어때? 거긴 어때? 그곳은 어때?
난 좋아, 좋아지고 있어, 좋아지려고 노력해

출근을 준비하는 자전거들, 자동차들, 사람들
그 옆 어딘가 붉게 물들어버린 푸른 길 옆
내 자리가 있었다

난 상실의 아픔과 함께 잃어버린 나의 시간이 그립다
나의 소중한 자리와 나만의 약속들

사랑하는 딸이 하늘나라에 간 아픔보다
사랑하는 딸에게 해주지 못한 나의 약속들
사랑하는 아내의 아픔과 슬픔보다
사랑하는 아내에게 지킬 수 없는 약속들
시간과 이별하는 이 모든 시간이 버거웠다

나의 소중한 기억 추억 약속 시간

사람과의 이별은 시간이 지나가면 추억한다

시간과의 이별은 시간이 지나가면 멈춰있다

일어나자, 돌아가자

오늘도 혼자 대화한다

누군가 듣지 못해도 내가 듣고 내가 위로한다

뒤에서 북서풍이 분다

이제는 제법 쌀쌀하다

바람마저 노을 색

힘이 다했는지 붉게 물들어버렸다

쓰라린 만남을 갖지만 위로를 하지만

이곳에 매일 온다 매일을 시작한다

다시 시작을 외치며 힘이 나는 시간은 아니지만

이렇게 나의 방식대로 아픔을 달래본다

돌아가는 길 붉은 계절의 광장이다

이 시간은 나의 기억에 없던 계절이다

잃어버린 내 시간에 없던 색상이다

붉게 타버린 나의 시간과 기억이 다음으로 안내한다

매일 반복하는 길 위에

매일 반복하는 기억에

버겁기보다는 조금씩 나아지고 있다

마음이 기분이

시간이 지나 해결을 하고 있다기보단

해결의 시간을 선택하지 않고 이별의 시간을 선택하길 잘했다

새로 시작되는 다른 것들에 눈을 돌려니

새로 보이는 것들에 잠시 기억에서 빠져나온다

시간은 결국 흐르고 있고 시간이 흐르면

이곳저곳에서 익숙하지 않은 것들이 우리를 반긴다

난 내 눈앞에서 많은 것을 예쁘게 잊지 못했다
푸르고 아름다웠던 세상이 붉게 물들어버린 것도

가끔은 지금이 행복한 거 아닌가 하는 생각도 있다
라면 누군가 정해놓은 슬픔이 아닌가

생각하기 나름이고
이겨내기 나름이고
이별하기 나름이다
하지만 아프고 치명적이게 슬픈 건
어쩔 수 없는 의무인 듯하다

슬픈 노래를 듣고 글을 쓰면
슬픈 곡조가 흘러나오고
기쁘고 신나는 노래를 들으면
나도 모르게 글이 밝아진다

결국 이렇게 흘러가는 모양이다

내 마음도 내 삶도 내 인생도

어떻게 하느냐의 나름이고 차이인 듯하다

난 사랑하는 아내가 있다

그래서 사랑도 받아야 하기에

받는 사람으로도 살아야겠다

나의 선택과 행동으로

어쩌면 우리 가정의 방향이 바뀔 수 있으니

조금은 마이너에서 메이저로 올라가야겠다

무엇을 바꾸겠다는 게 아니고

이젠 이별로 인해 너무 한쪽으로만 가지 않겠다

조금씩 인정과 받아들임을 어른스럽고 지혜롭게 생각해야겠다

지나고 나니 보이는 풍경

아이를 보내고 나서 아내와 함께 이곳저곳을 여행하며 자연스레 대화를 많이 하게 되었다. 어느 좋은 풍경을 배경에 두고 천천히 걸으면서 앞으로 시간을 어떻게 보내야 할까 고민했던 적이 있다. 그때, 손을 꼭 맞잡고 다짐했던 게 생각난다. 우리가 힘들고 아프다고 해서 주변 가족이나 지인까지 힘들 필요는 없지 않겠냐고. 오롯이 우리 둘만의 일이니까 서로만 보면서 이겨내자고. 아마도 우리가 더 어렸을 때였다면 이런 생각을 하긴 어려웠을 것 같다. 많은 일을 겪고, 마음이 훨씬 단단해진 어른이었기에 최대한 침착하고 잠잠하게 지나갈 수 있었던 게 아닐까. 아프고 힘든 것들을 속으로 감내한다…. 말로는 참 쉬운 것 같았지만, 실제로 실천하기란 생각보다 어려운 일이었다.

그 과정에서 쌓여가는 스트레스를 발산할 방법은 아무래도 달리기밖에 없었던 것 같다. 나는 평소에 무언가를 마음에 들이기까지 상당히 오래 걸리는 편이라 새로운 도전을 선호하지 않는다. 하지만 달리기는 예전부터 아내와 함께 꾸준히 하던 운동이었다. 아이를 갖기 위한 준비라기보다는 같이 오래오래 건강하고도 행복하게 지내면 좋겠다 싶어서 시작하게 되었다. 다른 여러 운동을 함께 시도해봤지만, 러닝만큼 흥미를 느낀 종목은 없었다. 그리고 매일 같이 달린 후로 우리 태은이를 만날 수 있었으니 다른 운동보다 더 마음이 갔다.

보통 현관을 나서기 전에 오늘은 얼마나 달릴지 목표를 잡아두지만, 그날따라 그저 무작정 달리고 싶은 마음이 들었다. 준비물은 핸드폰, 골전도 이어폰, 모자, 선글라스, 러닝화다. 귀에 이어폰을 끼자 지난번에 통과하지 못했던 터널 쪽으로 가보고 싶다. 아파트 현관 앞에서 심호흡 두어 번을 한 뒤, 간단하게 몸풀기 체조를 시작하며 나에게 격려를 보낸다.

"아주 천천히 달리자, 태현아. 중간에 포기하지 말고, 오늘은 기필코 멀리 다녀오자! 많이 사랑했던 시간인 만큼 더 오래 보낼 시간을 주자!"

음악을 틀고 천천히 달리기 시작한다. 공기도 시원하고, 날씨도 쾌청할 것만 같은 날이다. 출발이 아주 상쾌하다. 공원을 지나 한강으로 나가는 터널 앞에 선다. 이제 여기를 지나면 추운 겨울 새벽부터 더운 여름까지 나를 맞아주던 한강이 나온다. 벤치에 앉아 나도 이제 아빠가 된다며 기뻐했던 곳이다. 아직은 마음의 준비가 덜 되었는지도 모르겠지만, 이곳을 넘어야 내가 쏟았던 정성과 시간 그리고 노력을 무탈하게 보낼 수 있다.

마음을 다잡고 주변을 천천히 둘러보며 달린다. 매일 새벽마다 달렸던 곳인데도 못 보던 것들이 여기저기 눈에 들어온다. 이렇게 아름다운 곳인데 그동안 나만 보느라 알아채지 못했구나 하는 생각에 젖어본다. 녹색이 짙은 나무와 아스팔트 길 위에 서 있는 자전거 옆으로는 길게 보도가 이어져 있다. 그 위에 잠시 멈춰 드세진 숨을 잠시 고른다. 이전보다 숨이 덜 가쁜 게 느껴져서 더 멀리도 갈 것만 같은 날이다.

뜨거운 지면을 밟고 나아갈 때마다 '착착' 하는 달음박질 소리가 들린다. 반대편에서 오는 또 다른 러너들과 활기차게 인사도 나누어본다. 주먹을 한껏 쥔 채로 서로에게 '파이팅!'이라 외치며 각자의 목표와 생각대로 달려간다. 그때는 뛰어야만 살 것 같았다. 움직임이랄 게 전혀 없는 길이 마치 살아 움직이는 것처럼 격하게 뛰면 체온이 오르고, 체온이 오르면 땀이 났다. 내 전신을 감싸는 뜨거움이 이 상실감과 억울함을 녹여줄 거로 생각하며 그저 앞만 보고 달렸다.

눈앞에 광진교가 보였다. 벌써 집으로부터 5km나 떨어진 곳까지 달려왔다. 그런데도 호흡부터 발의 흐름까지 모든 게 완벽했다. 아마 그때 러너스 하이(runner's high)*를 느꼈던 것 같다. 그 벅찬 감각에 다시 한번 다짐했다. 앞으로 뜀질이 더욱 힘들고 버겁더라도 오로지 내 안에서 나만의 문제라고 생각하고 해결하자고. 주변을 내 슬픔으로 물들이지 말자고. 게다가 나는 혼자가 아니라, 곁에서 무엇이든 반절로 나눌 수 있는 아내가 함께였다. 그러자니 뭐든 두려울 것도

---

* 　30분 이상 뛰었을 때 밀려오는 행복감. 다리와 팔이 가벼워지고 리듬감이 생기며 피로가 사라지면서 새로운 힘이 생긴다.

없었다.

누군가에게 보여주기 위해서 운동을 시작했던 건 아니었다. 그렇게 시작하면 꾸준히 하기도 어려울뿐더러, 하기 싫은 걸 숙제처럼 억지로 하게 된다는 걸 잘 알고 있었다. 귀에 울리는 CCM을 들으니 내가 있는 이곳이 수련회장이 된 것만 같다. 즐거웠던 기억이 떠오르니 절로 입가에 호선이 떠오른다. 힘든 상황이라고 해서 굳이 웃음을 숨기고 싶지는 않았다. 나와 아내가 지혜를 얻어 또 다른 방향을 찾을 수 있기를 바라며 운동화 끈을 질끈 묶어본다. 그리고 하늘을 본다.

하늘이 핑크빛인 걸 보니
우리 딸이 하늘에서 아빠를 지켜보고 있나 보다
아빠는 더 무너지지 않기 위해 노력하고 있어
앞으로도 그곳에서 많이 응원해줘
사랑해

각자의 속도로
그러나 같은 방향으로

제주도에 머물렀을 때도 러닝을 멈춘 적은 없었다. 무엇이든 꾸준히 하다가 한번 안 하기 시작하면 아예 손을 놓는 경우가 있지 않던가. 그래서인지 제주도로 떠나는 짐을 쌀 때, 나도 모르게 평소에 자주 착용했던 장비를 챙겼던 것 같다. 평상복보다 운동할 때 입을 옷과 운동화를 더 신중하게 고른 것 같기도 하다.

제주에서 생활하면서 매일 4시 30분에 일어났고, 그렇게 일찍 일어나기 위해 일찍 잠들고는 했다. 그동안의 고생을 좀 내려놓고 휴식같이 아름다운 풍경을 보니 컨디션이 다시 돌아오는 듯했다. 새벽 특유의 희미한 어스름 사이를 가르며 달리는 기분은 짜릿했다. '그래, 달리는 기분은 이랬지.' 잠시 잊고 있었던 쾌감을 느꼈다. 바다가 들려주는 파도 소리가 마치 힘내라고 응원하는 것처럼 느껴지기도 했다.

아마도 제주에 내려온 지 2주 정도 됐을 때였던 것 같다. 여느 날과 똑같이 나갈 준비를 마치고 러닝화를 신는데 아내가 다가와 같이 나가도 되겠냐 물었다. 아무래도 집에 누워만 있으려니 몸도 무겁고 여러 가지로 불편한 점이 많았던 것 같았다. 나는 드디어 아내가 밖으로 나서려나 보다 하며 기쁜 마음으로 고개를 끄덕였다.

아내가 나갈 준비를 하는 동안 잠시 하늘을 보기 위해 창문을 열어보았다. 제주도에서 지냈던 숙소는 바다와도 가깝지만, 비행기가 항로로 이용하는 하늘길과도 가까운 곳이었다. 그렇기에 새벽 6시쯤이면 비행기가 이착륙하는 소리를 들을 수 있었다. 시간이 생각보다 조금 지났는지 벌써 비행기가 이륙하고 있었다. 아마 그날의 첫 비행기인 듯했다. 나도 모르게 떠나가는 비행기를 향해 잘 가라며 손을 흔들었다. '저 비행기는 점점 하늘과 가까워지겠지. 좋겠다.' 나도 모르게 부러운 마음이 피어올랐다. 비행기는 사랑하는 우리 딸을 생각할 때마다 내 마음을 하늘로 전해줄 것처럼 떠오르고는 했다.

서풍이 부는 날이었는지 비행기는 서쪽을 향해 올라가기 시작했다. 점점 멀어지는 모양새를 지켜보자니 마치 나만 두고 가는 것 같아 섭섭한 마음마저 든다. 이제는 나에게 친구가 된 비행기에 괜히 내적 친밀감을 느끼기도 한다. 그렇게 하늘을 보며 지면에서 바퀴를 거둔 모든 비행기가 목적지를 향해 무사히 안착하기를 바라본다.

이륙했던 비행기가 멀리 사라질 때쯤, "가자, 자기

야!" 하며 날 부르는 아내의 목소리가 들려왔다. 평소보다 조금 들떴는지 목소리에서 힘이 느껴졌다. 아직은 몸이 완전히 회복되지 않아서 아이를 가졌을 때 입었던 운동복을 입고 나왔는데, 그 모습이 내게는 마냥 귀엽기만 했다. 그래도 혹시 모르니까 아주 천천히 걸으라고 아내에게 신신당부하며 애월운동장으로 향했다. 날이 밝으면서 상쾌한 공기가 아내의 발걸음을 응원하고 있었다. 새들도 열심히 날아다니고, 바람도 살랑살랑 불어주고 있었다. 그저 한 걸음 걷는 것일지라도 모든 게 감사했다. 밖에 나가 걸으려고 기운을 냈다는 것 자체가 무엇이든 다시 시작할 준비가 됐다는 뜻 같아서. 아내의 소중한 한발은 시도 자체만으로도 나에게도 큰 위로가 되었다.

편의점을 지나면 두 개의 입구가 보이는데, 두 갈래의 길 모두 운동장으로 이어진다. 계단 위를 오르면 바다가 보이는 아름다운 길이 있는데, 우연히 발견

해서 한번 달려본 이후로는 매일 빼놓지 않고 달리기 코스에 넣고는 했다. 아내는 내가 혀를 내두르며 자랑했던 풍경을 직접 볼 수 있다는 기대감으로 잔뜩 들뜬 듯했다. 그리고 본격적으로 운동을 시작하기 전 아내에게 다시 한번 당부했다. 천천히 걸어야 한다고. 내가 뛰는 걸 보고 따라 뛰지 말고, 힘들면 억지로 움직이지 말고 반드시 앉아서 쉬어야 한다고.

빨간색 트랙 가운데에는 푸른색으로 인조잔디가 깔려있었다. 바다를 배경으로 붉은색, 푸른색, 초록색이 어우러지는 모습은 완벽한 그림을 보는 것만 같았다. 아내와 가볍게 맨손체조를 시작한 뒤, 각자의 속도로 트랙을 돌기 시작한다. 속도는 다를지나 방향은 같다. 내가 먼저 앞서 나가며 코너를 돌기 시작한다. 그곳에서 고개를 돌려 대각선을 보면 천천히 걷고 있는 아내의 모습이 보인다. 천천히 자기 페이스에 맞춰서 달리기 리듬을 맞추는 모습을 보자니 불현듯 코끝이 찡해진다. 그렇게 먼저 앞선 나는 한 바퀴를 돌아

다시 아내와 마주쳤다. 다음 바퀴도, 그다음 바퀴도 나는 계속해서 돌면서 결국 아내에게로 돌아갔다. 몇 바퀴를 돌아도 사랑하는 사람과 마주칠 수 있는 트랙 구장이 참 좋았다.

그렇게 몇 번 반복하고 나서는 속도를 줄여 아내의 곁으로 갔다. 그리고 발을 맞추며 손을 꼭 잡은 채 함께 걸었다. 그동안 내가 너무 빠르게 달려 아내를 혼자 두었던 것이 못내 마음에 걸렸다. 이런 일로 또 사람이 겸손해진다. 천천히 걸으면서 지나온 나의 사랑, 삶, 생각, 부정적이었던 상상까지도 전부 반성해본다. 모든 게 나에게서 비롯했다고 믿으면서 걷고 또 걷는다. 앞으로는 절대 혼자 걷지도, 걷게도 하지 않으리라 마음먹는다.

몇 바퀴를 돌고 나서는 서로에게 박수를 보내고 크게 웃으며 칭찬했다. 우리는 정말 마지막으로 한 바퀴를 천천히 걸으며 웃었다. 오늘처럼만 천천히 걸으면

서 힘내자고. 햇볕이 가득 내린 운동장을 향해 인사해
본다.

'고맙다. 내일 또 보자!'

우린 모두 결승선을
모른 채 뛰고 있다

애월운동장에는 곡선과 직선이 잘 어우러진 8개의 트랙 레인이 있다. 정지선이나 출발선이랄 것도 없이 100m, 200m, 400m 구간마다 찍어놓은 선만 존재한다. 끝도 없이 계속해서 이어지는 길을 보며 내 인생에서 몇 바퀴를 돌았고 어디쯤 와 있는 것인지 궁금하기 시작했다. '만약, 지금 내가 잠시 지쳐서 쉬고 있는 거라면 몇 번째 라인의 어느 지점에 있는 걸까.', '빠르다면 얼마나 빠른 걸까.', '느리다면 얼마나 느린 걸까.' 쉬지 않고 계속해서 달리도록 만드는 트랙이

내 머릿속을 라인 안에 가두기 시작했다.

　나는 하루라도 빨리 애월운동장과 헤어지고 싶었
기에 달렸다. 어느 날은 8개의 라인을 다 밟아보고 싶
었기에 한 바퀴를 돌 때마다 라인을 바꿔가며 달렸다.
흔히 우리의 인생을 마라톤에 비유하지 않던가. 치고
나가기 위해서 1번 라인에 있다가도 힘들어서 지치면
페이스를 조절하기 위해 8번 라인에 설 수도 있고, 이
도 저도 아닌 4번 라인에 걸쳐 헤매는 때도 있다. 아
이와 이별한 순간부터 지금까지도 나는 몇 번 라인에
서 달리고 있는지 모르겠다. 하지만 분명한 건 지금도
달리고 있다는 것이다. 적당히 자유와 통제를 주면서
희미해지지 않는 기억을 껴안고서.

　'떨어져 있을 때는 울지 않기' 딸을 보내고 나서 아
내와 굳게 했던 약속이다. 그게 말처럼 쉬웠다면 얼
마나 좋을까. 정말 그렇게 쉽게 잊을 수만 있다면 무
엇이든 할 수 있었다. 아니, 그렇게 해야만 내가 살 수

있다고 생각했다. 당시만 해도 난 딸을 잃은 슬픔에서 완전히 헤어나는 게 가능한지 의심하고 또 의심했다. 그런데도 혼자 있을 때 울지 말자는 약속을 만든 건, 어쩌면 아내와 내가 서로를 위해 최소한의 안전장치를 만들고 싶었기 때문이 아닐까.

나는 슬프다고 해서 무너지고 싶지 않았다. 지쳐서 무기력하게 병원 침대에 누워있던 아내의 모습이 눈에 선했다. 자기 자신 하나 겨우 챙기며 버티는 사람 앞에서 나까지 무너져서는 안 됐다. 그래서인지 그때부터 나 자신을 더 엄격하게 통제하려 들었다. 나와 아내, 둘만 생각해도 버거운 시기였기에 모든 걸 시간 위에 실어놓고자 했다. 모든 걸 시간에 맡기는 게 무책임한 행위일 수도 있고 괜찮아지고 있다는 착각을 불러일으킬 수도 있다. 그럴지언정 그게 당시의 내가 할 수 있는 최선이었다. 어쨌든 상실이라는 경험은 내가 잊고 싶다고 해서 잊을 수 있는 게 아니었으니까. 그리고 조금 나아진 지금 다시 생각해봐도 그때의 나는 똑같은 결정을 내리지 않았을까 싶다.

그때는 애월운동장을 달렸지만, 지금은 반포·하남·과기대 운동장을 달리고 있다. 매일 아침 짧게 했던 달리기가 지금의 나를 만든 것 같다. 해가 뜨지 않은 어두운 길을 달리다가 점점 밝아지는 주변 풍경을 볼 때마다 생각난다. 애월운동장에서 달리기를 끝내고 돌아가는 길에는 항상 아내와 전화로 대화하고는 했다. "우리 오늘 아침으로 뭐 먹을까?" 이런 사소한 대화를 할 수 있다는 것조차도 감사했다. 제주에서 만든 가장 돈독한 친구, 애월운동장. 가끔 그리워지기도 한다.

'빨간 운동장과 레인아 언젠가 다시 인사하러 갈게.'

마음에도 근력운동이
필요하니까

제주살이를 마무리하고 서울로 돌아오는 비행기 안에서 아내에게 이런 말을 했었다.

"태은이를 위해 마라톤 풀 코스를 완주하겠다고 했던 약속은 지켜야 할 것 같아."

사랑하는 아내와 하늘의 별이 되어 떠난 아이에게 "마라톤 풀 코스 완주"라는 선물을 주기로 했다. 아직 외출하거나 약속을 잡는 것은 무리였지만 동네부터 천천히 돌면서 다시 시작할 수 있을 것 같았다. 대회가 개최되기까지 한 달 남짓 남은 시점에서 누구의 도움도 받지 않고 준비하는 것은 다소 무모했으나, 목표는 5시간 안으로 들어오는 것이었다. 아내는 웃으며 내 도전을 응원했다. 그리고 아주 늦게 들어와도 괜찮으니 끝까지 최선을 다하기만 하면 된다고 당부하기도 했다. 아무래도 마라톤 풀 코스는 전문적으로 훈련을 받지 않으면 달성하기 힘든 목표이기에 그랬을 것이다.

그 후로 집에 있는 신발장에서 신을 만한 운동화가 있는지 찾기 시작했다. 수없이 많은 운동화 중에서도 유독 발에 착 감기고 뛸 때 가벼운 것은 따로 있다. 그래서인지 욕심껏 이 운동화, 저 운동화를 사봐도 매번 손이 가는 신발이 정해져 있기는 하다. 대회에 출전한다고 생각하니 나름대로 선수처럼 멋지게 꾸미고 싶기도 했다. 자전거를 오래 타서 그런지 스포츠에는 언제나 진심이었다. 평소에도 스포츠 장비에 욕심이 많아서 건강식품이나 양말, 모자까지 괜찮아 보이는 걸 찾기 시작했다. 적당히 장비를 정리한 후에 옷과 양말을 주문했다. 옷에는 이미 전부터 아내와 태은이의 이름을 넣어 제작을 맡긴 상태였다. 태은이는 세상에 없지만 그래도 우리 아이와 함께한다는 의미로 디자인을 바꾸지는 않기로 했다. 가슴께에 자리한 아내와 딸아이의 이름을 보니 어떤 역경도 이겨낼 것만 같은 용기가 샘솟는다. 옷에 새겨진 '사랑하는 나의 가족'이라는 글자가 새해 다짐보다 더 내 의지를 불태운다.

오랜만에 온 정신을 집중할 만한 즐거운 일이 생긴 것 같았다. 이때만큼은 정말로 아무런 걱정근심 없이 예전의 나로 돌아간 기분이었다. 거울 앞에 지치고 수척한 내 모습이 낯설다가도 그 모습 또한 나라고 인정해야만 다시 시작할 수 있을 것 같았다. 어쩌면 나는 앞으로 나아가며 숨 쉴 틈을 만들고 싶었던 걸지도 모르겠다. 나가서 지금의 기분과 호흡을 크게 환기하고 돌아올 만한 일이 러닝이 아니었을까. 아마도 훈련이라는 핑계로 공원을 지나고, 지나가기 두려웠던 터널을 지나 다시 세상으로 나가려고 했던 것 같다.

42.195km를 달리기 위해서는 계획이 필요했다. 빨리 달릴 실력은 없고, 그렇다고 5시간 안에 들어오지 못하면 기록으로 인정받을 수 없다. 며칠 내내 할 수 있는 훈련이 무엇인지 백방으로 알아보았지만, 역시 한 달이라는 짧은 기간에 마라톤 풀 코스를 완주할 방법은 없었다. 그러나 달리기에는 어느 정도 일가견이 있으니 아예 못할 일도 아니라고 생각했다. 체력 안배만 잘한다면 5시간 안에는 들어올 수 있지 않을까 하는 근거 없는 자신감이 넘쳤다.

그날 이후로 천천히 오래오래 뛰는 연습을 했다. 기본으로 20km를 잡는 것을 목표로 잡고, 몸이 잘 풀려서 괜찮은 날에는 30km도 달리고는 했다. 주중에는 이틀에 한 번씩 10km를 뛰며 체력을 유지하기도 했다. 당시에는 인터벌 훈련이라는 걸 몰랐던 시절이라 그냥 뛰기만 하면 체력이 오를 줄 알았다. 현재 마라톤을 몇 번 완주해본 사람의 시선으로 보자면 무모하기 짝이 없는 방법이지만, 그 마음과 노력은 참 가상했던 것 같다.

마라톤을 준비하면서 느낀 게 있다면, 무엇이든 마음먹은 대로 되지는 않는다는 것이었다. 마음은 하루에 100km라도 뛰고 싶지만, 몸은 이미 지쳐서 한 발짝도 더 뗄 수 없는 상황을 참 많이도 맞닥뜨렸다. '내일은 꼭 30km를 뛰어야지!' 하고 다짐했으나 지키지 못한 날도 많았다. 때로는 스케줄이 잡혀있던 걸 잊어버리고 계획을 짜서 목표를 달성하지 못했고, 어느 날은 20km 지점에서 주체할 수 없이 숨이 차오르고 힘들어서 포기하기도 했다.

'나는 딸한테 왜 이런 약속을 했을까? 어째서 악착같이 약속을 지키기 위해 달리는 걸까?' 달리면서 나 자신에게 질문해보아도 답이 나오지 않았다. 당연했다. 나도 왜 그런 결심을 했는지 이유를 알지 못했고,

끝까지 포기하지 않으려는 의지가 어디에서 오는지도 몰랐다.

가만 보면 마음이라는 것은 내 몸에 가득한 근육 같다. 가만히 있으면 자라지 못한다. 근육은 무거운 무게로 압박하고, 오랫동안 달리고, 스트레칭으로 자극해야만 움직인다. 과부하로 인해 연약하고 작은 근육이 터질지언정, 시간이 지나면 전보다 훨씬 탄탄하고 커다란 근육이 자리한다. 마음도 마찬가지가 아닐까. 지금 당장은 아주 작은 상처에도 아파서 눈물을 흘릴지언정, 그것들을 이겨낸 나는 조금 더 의연하고 호젓한 사람이 되지 않던가. 매일 좌절하고 할 수 없을 것만 같아도 계속해서 도전하는 이유는 바로 이것이 아닌가 싶다. 무엇도 하려고 하지 않고 그저 가만히 있으면 아무것도 나아지지 않을 것 같은 기분. 누군가가 마라톤 풀 코스 완주를 강요하거나 시킨 것도 아닌데 도전하려고 했던 이유를 이제는 조금 알 것도 같다.

출발선과 결승선

아직은 도시가 잠든 때, 문득 부담감과 두려움으로 인해 절로 눈이 뜨였다. 침대 곁에 놓인 시계를 보니 새벽 3시가 조금 넘어있었다. 어제부터 이어진 긴장으로 인해 맞춰놓은 알람보다 훨씬 일찍 깨고 말았다. 몸은 침대에 누워있으면서도 머리로는 오늘 달려야 하는 코스를 상기한다. 상암동에서 시작해서 시청, 동대문, 아차산, 강동역, 가락시장 그리고 마지막 잠실 종합운동장까지 42.195km를 달려야만 한다.

새벽 4시에 맞춰놓았던 알람이 울리자 몸을 일으켜서 커피를 마시고 긴장을 풀기 위해 노래도 불러본다. 인기척을 느낀 아내는 나와 비슷한 시각에 일어나 뭐라도 먹고 나가야 하지 않겠냐며 식사를 차리려 했다. 하지만 마라톤 풀 코스 완주는 처음 도전했기에 생각보다 더 많이 긴장한 모양이었다. 평소에 좋아하던 든든한 아내표 식사가 상 위에 잔뜩 올랐으나 그 무엇도 제대로 넘기질 못했다.

상암 공원에는 6시 30분 정도에 도착했다. 아직도 어둠이 깔려있었으나 주차장에는 생각보다 차가 많았다. 몸도 풀 겸, 함께 온 아내와 천천히 공원 한 바퀴를 돌며 이런저런 대화를 나누었다. 아내는 그때까지도 내가 성공할 거로 생각하지는 않았던 것 같다. 못 해도 좋으니 한번 도전한다는 마음으로 해보라며, 조심히 달리고 너무 힘들면 그냥 택시 타고 집으로 오라고 신신당부했다. 그리고 오늘 같이 달리지 못하는 대신 결승선에서 기다리고 있겠다고 했다. 그 말을 듣고 무슨 일이 있어도 꼭 5시간 안에 완주하기로 마음먹었다.

8시에 가까워지자 마라톤을 뛰는 주로(走路)에 사람들이 하나둘씩 모이기 시작했다. 그 자리에는 다양한 사람이 모여있었다. 나처럼 마라톤에 미음 자도 모르는 채 처음 출전하는 사람부터 이미 몇 번씩 출전해서 너무나도 익숙한 사람, 달리기 크루를 만들어서 다 같이 의미 있는 도전을 하러 나온 사람들도 있었다. 출발선 근처에서는 부상을 방지하고 관절을 따뜻하게 데우기 위해 몸을 푸는 사람들이 많았다. 난 마라톤 참가가 처음이라서 기록이 없었기에 가장 마지막 조로 배정받고 가만히 그 광경을 지켜보고 있었다.

사회자는 주로 옆으로 길게 뻗은 단상에 올라 대회를 진행하기 시작했다. 엘리트 선수가 가장 먼저 출발했고 그다음으로 아마추어 선수 그룹이 출발했다. 앞

조에서 하나둘 목적지를 향해 달리는 모습을 지켜보며 왠지 모르게 감동하기까지 했다. 앞에 구름처럼 피어있던 사람들이 하나둘 사라지고, 눈앞에 출발선이 놓이자 심장이 터질 것처럼 뛰기 시작했다. 긴장을 늦추기 위해 심호흡하며 시선을 땅에 두자, 같은 출발선에 선 청년이 말을 걸어왔다.

"존경하고 응원합니다. 완주까지 힘내세요!"

처음 보는 청년의 마음씨에 화답하고 싶었기에 웃으며 힘내자고 크게 파이팅을 외쳤다. 사회자와 관계자는 곧 출발한다는 의미로 카운트다운을 시작했다. 출발선에 선 사람들은 시작을 알리는 신호가 들리자 일제히 자기 페이스에 맞춰 달리기 시작했다. 그 자리에 있던 모두에게 5시간이라는 값진 시간이 주어진 것이다. 저마다 자신의 목표와 꿈 그리고 어떠한 의미를 위해 달린다고 생각하니, 그것만으로도 동지애가 샘솟는 기분이었다.

가장 첫 번째 코스인 여의도로 향하기 위해 양화대교를 넘어서 노들길로 향했다. 곳곳에 달리기 크루의 응원단이 소리를 지르며 열심히 응원해주고는 했다. 아는 사람이고 모르는 사람이고 모두 힘내라고 크게 소리를 질러주는데, 참 감사한 문화라고 생각했다. 요즘은 워낙 흉흉한 일이 많다 보니, 이유 없는 친절과 배려를 감사히 받아들이기보다는 경계하는 편이지 않던가. 도로 한복판에서 서로 인사하며 응원하고, 마시는 물까지 내어주는 훈훈한 문화는 모두가 본받아도 좋을 것 같다는 생각이 든다.

10km 지점을 지나자 마포대교가 눈앞에 들어왔다. 서울의 북쪽, 서울 시청으로 많은 무리가 동시에 움직이고 있다. 달리는 무리를 비추는 햇볕은 그저 창창하기만 하다. 앞날이 창창하다는 말이 저 햇볕을 두고 만들어진 말인가 싶은 정도로 말이다. 하지만 곧 20km 지점이 나올 것이고, 이때부터가 진정한 나와의 싸움이 될 것이었다. 훈련 때도 언제나 20~30km 사이에 큰 고

비가 찾아오고는 했기 때문이다. 공덕오거리를 지나 시청까지는 머릿속으로 세운 계획대로, 내가 원하는 속도대로 잘 이어나갔던 것 같다.

동대문을 지나고 얼마 되지 않아서 고비는 예상보다 빨리 찾아왔다. 함께 달리던 그룹은 하나둘 사라지고 이젠 정말로 혼자 달려야 했다. 달리는 발에 실려있던 리듬이 사라지고 물에 잔뜩 젖은 솜처럼 몸이 무거웠다. 더구나 27km 지점에는 아차산 옆에 있어서 평지가 아니라 경사로였다. 그러나 광나루역으로 향하려면 그곳을 반드시 통과해야만 했다. 그때쯤의 나는 아주 느리게 발을 들어 올렸다 내려놓는 정도로 움직였을 것이다. '잠깐만 쉬었다가 갈까?' 그러나 한 번 멈추면 다시는 움직일 수 없는 것 같이 힘들었기에 쉴 수는 없었다. 터널을 맞이하면서 힘을 끌어올리고자 나 자신에게 크게 외쳤다. "파이팅! 할 수 있다! 난 갈 수 있다!" 그러자 주변에서 돌림노래처럼 모두 할 수 있다고 외친다.

터널의 끝에는 천호대교가 기다리고 있었다. 이번 마라톤에서 세 번째로 만나는 대교다. 30km 지점을 지난 후, 가락시장을 향해 강동역 인근을 달리는 중에 현기증이 나기 시작했다. 아무래도 전문적으로 훈련받지 못한 채 몸을 무리하게 이끈 모양이었다. 하지만 12km 정도 남은 시점에서 포기할 수는 없었다. 스마트워치를 확인해보니 현재 페이스라면 5시간 안에 완주할 수 있었다. 앞서서 가던 사람들도 점점 지쳐서 걷기 시작했고, 나 또한 화르륵 하고 불타올랐던 마음의 색을 잃어버리고 있었다. 혼자서 훈련할 때에도 30km 이상은 뛰어본 적이 없었기에 이토록 극한의 한계는 처음으로 맞아보았다.

36km 지점을 지나고 나서는 혹시나 도착하지 못할 수도 있겠다는 마음에 최대한 천천히 달렸다. 이때부터는 오직 한 가지만 생각했던 것 같다. '5km만 더 달리면 결승선에서 사랑하는 아내를 만날 수 있다!' 얼마나 달렸는지, 얼마나 남았는지 계산하는 것도 잊

을 때쯤 저 멀리에 도착점인 잠실종합운동장이 보이기 시작했다. 신기하게도 거의 다 왔다는 걸 깨닫자마자 주변에서 외치는 함성이 귀에 들렸다. 굳어서 더는 움직일 것 같지 않던 다리가 움직였고, 잃어버렸던 속도도 다시 붙기 시작했다. 마지막 300m는 거의 내가 세상의 주인공이 된 것처럼 아주 멋지게 달렸던 거로 기억한다.

그 끝에는 한눈에 알아볼 수 있는 아내가 날 기다리고 있었다. 결승선을 통과하고 나서야 다리가 멈췄다. 8시부터 잠시도 쉬지 않고 달려서 근육이 끊어질 듯 아팠지만, 성취감이 머리부터 발끝까지 차올랐다. 약속을 지킨 자랑스러운 남편이자 멋진 아빠가 되었다는 생각에 그 자리에 주저앉으며 잠시 눈물을 흘렸던 것 같다. 아내는 언제나 그렇듯, 모든 걸 다 쏟아붓고 주저앉은 내게 먼저 손을 내밀었다. 살면서 가장 오래 그리고 길게 달렸던 여정을 마쳤기에 절뚝거리

며 제대로 걸을 수 없었다. 그런데도 이상하게 웃음이
흘러나왔다.

  이날 도전했던 마라톤 풀 코스는 사랑하는 사람을
위해 달리고 사랑하는 사람을 보내는 과정이었다. 태
은이를 보내고 시은이를 데리고 온 42.195km의 여정,
그건 아마도 내 인생에서 가장 무모한 도전이었을 것
이다. 그러나 가장 아름답고 찬란했던 도전이기도 했
다. 이런 무모함이라면 내 생에 다시 한번 마주해도
좋겠다고 생각할 만큼.

4부

가장 소중한 존재인 너에게

✳

다시 눈물이 난다

잘 있니? 오랜만이지?

아빠가 너에게 해줄 수 있는 선물이

이거밖에 안 되네

미안해

그래도 이걸 못 해본 아빠가 세상에 더 많을 거야

아마 아빠의 처음이자 마지막 선물이 될 거야

대신 너를 위해서 앞으로 열심히 달릴게

너라는 선물은 이제 다시는 오지 않을 테니

아빠의 전부 중 하나였던 너는 하나님께 맡길게

태은이라는 태명은 이제 앞으로 너의 이름으로 남겨둘게

순식간에 왔다가 떠나간 아이

정말 고마웠어, 우리 딸

여기까지 오게 했던 너의 힘찬 부름에
아빠는 좌절하지 않고
엄마를 출발선까지 무사히 데리고 왔단다
우리 딸 참 효녀다

엄마 아빠는 앞으로
웃으면서 너를 기억할게
아빠의 삶이 다 끝나면 만나자
엄마랑 아빠가 꼭 먼저 널 알아볼게
사랑한다

마주한 현실에 무너지지 않게

집에 도착했을 때, 우리를 가장 먼저 반겨준 건 반려견인 토르와 미르였다. 한 달이나 말없이 훌쩍 집 밖으로 떠난 사람을 조건 없이 반겨주는 존재가 또 있을까. 어떻게 보면 이 친구들에게 선택권 없이 기다림을 강요한 것 같아서 한편으로 미안해지는 순간이었다. 반가운 만큼 끌어안고 뽀뽀도 하고 잠시 크게 웃으니 드디어 집에 돌아왔다는 안락함이 들었다. 그저 잠시 떠났다가 돌아왔을 뿐인데, 이상하게도 우리는 처음 만나서 살림을 시작하는 사람들처럼 다시 계

획을 세우고 정리했다. 으레 큰일을 앞둔 사람들이 집
안을 깨끗하게 청소하고 목욕재계하듯, 돌아와서 가
장 먼저 한 것은 청소였다. 그동안 모인 쓰레기를 치
우고, 청소기를 돌리고, 미뤄두었던 빨래를 시작했다.
아내는 힘든 몸을 이끌고 식사를 차렸다. 언제나 그
렇듯이 별다른 말을 하지 않아도 원래 자리가 있다는
듯, 각자 할 것을 하며 이전에 우리가 영위했던 일상
으로 돌아가기 시작했다.

　제주도에서 돌아온 이후에도 아내는 다 회복하지
못했다. 그런데도 아내의 머릿속에는 미리 약속된 일
정을 잘 소화해야 한다는 생각밖에 없었다. 일정을 조
금 미루거나 양해를 구하고 쉬는 방법도 있었지만, 평
소에도 책임감이 강하고 프로의식이 투철한 아내는
모든 걸 끝까지 책임지고 싶어 했다. 아내는 내 눈을
지그시 바라보며 부탁했다. 며칠 뒤에 촬영하려면 아
픈 곳을 치료해야 할 것 같다고. 지금부터라도 늦지

않았으니까 포기하지 말고 차근차근 시작해보자고. 그리고 앞으로도 함께 잘 해보자고. 나는 그 모습에서 내면의 단단함과 강인함을 느끼면서도, 무너지지 않으려고 애써 슬픔을 모르는 척하는 안타까움을 동시에 보았다.

　제주도에서 보낸 한 달이라는 시간이 나에게는 큰 위로가 되었다고 생각한다. 예전과는 다르게 예전보다 활기차게 움직일 수 있게 되었으니 말이다. 이제는 집 안에서 태은이의 시선 같은 것을 느껴도 '그런가 보다.' 하고 넘길 수 있게 되었다. 아이가 머물다 간 곳인데 당연한 것 아니던가. 그러자니 무언가 나를 짓누르고 있던 어두운 감정 같은 게 다소 덜어진 기분이었다. 그러나 아무리 조심히 수술한다고 해도 한번 터진 살 위에 흉터가 남을 수밖에 없는 것처럼, 나를 스쳐 간 어두운 기억은 결국에 내 마음에 제 흔적을 남겼다. 사랑하는 존재와 트라우마가 같은 자리에 있다는 것은 생각보다 혹독했다. 상실이 남긴 상처는 떠올리지 않으려고 부단히 노력해야만 눌러낼 수 있었고, 내가 강하지 못하면 트라우마에 압도되기도 했다. 하지만, 이제 조금은 사랑하는 우리 딸 생각이 더 커지기 시작했다. 아마 내 마음이 더 건강해지면 지금보다 더욱 커져 있을 것이다.

상실과 이별의 슬픔을 사랑으로 치환하는 과정은 너무도 힘들었다. "울고 싶을 땐 울어도 돼." 위로의 기본이 되는 이 말조차 와닿지 않았다. 지켜내야 할 것들이 많았기에 울고 싶어도 속으로 감내해야 했고, 그저 와르르 무너지고 싶을 때도 그럴 수 없었다. 누구나 그렇겠지만 너무나도 힘들 때는 그냥 모든 걸 다 내려놓고 나 지금 너무 아프다고 하소연만 하고 싶을 것이다. 그러나 나를 먹여 살리고 내 일상을 유지하는 것은 나 자신이다. 그러니 쉽사리 다 놓아버릴 수가 없는 것이다. 아마 다들 그렇게 속으로 우울을 키우고 있을지도 모르겠다. 사람 사는 게 다 비슷하지 않던가.

결국에는 이 모든 게 내 인생에서 갑자기 등장한 삐죽 튀어나온 샛길이라고 여기면 어떨까. 나는 포장이 잘된 곧은 길을 편하게 걷고 싶은데 갑자기 표면이 울퉁불퉁하고 어디로 이어지는지도 모르는 샛길이 나타나 갈등하게 만드는 것이다. 어쩐지 불길하고 걷기에도 불편해 보이지만, 그 끝에는 내가 몰랐던 지름길로 변할지 모를 일이다. 내가 불편함을 감수하고 인내한 만큼 조금 더 빨리 갈 수 있게 된 것이다. 앞으로 여정이 참 긴 것만 같아도 불현듯 나타난 이 샛길을 잘 다스릴 수만 있다면 괜찮지 않을까.

한 걸음 물러나
감정을 바라보기

글을 쓰며 과거를 떠올리다 보니 어느덧 내가 24년 차 배우라는 걸 깨달았다. 갓 스물이 되었을 때는 이 것저것 원하는 것도 많았고, 하고 싶은 것도 참 많았 다. 뭐라도 해야만 나를 알릴 수 있을 것 같아 배역을 가리지 않고 연기했고, 때로는 좋은 기회를 놓쳐 자 책하던 날도 있었다. 불같이 뜨겁기도 하고 곧 죽어도 부러지지 않을 올곧은 성격이라 현실과 타협하지 못 해 괴로워하기도 했다. 제임스 딘과 알 파치노처럼 되 고 싶었던 그때는 나만의 성공을 바랐고 당연히 부와

명예를 목표로 삼기도 했다.

지금은 아내를 만나서 추구하는 가치가 아예 정반대로 바뀌기는 했지만, 그 끼가 어디 가겠나 싶다. 나는 지금도 촬영장에 가면 물을 잔뜩 머금은 화초처럼 싱그럽게 살아나고는 한다. 많은 스태프와 함께 이런저런 이야기를 소소하게 나누는 것도 재밌었고, 대본을 분석하며 내가 해석한 캐릭터를 대중분들께 어떻게 표현할지 고민하는 것도 즐겁다. 현재는 배우로서 이루고 싶은 것들이 인생의 우선순위에서 살짝 밀리기는 했어도, 조명과 카메라 앞에서 멋진 결과물을 만드는 것은 여전히 즐거운 일이다.

감사하게도 예전부터 진행하기로 약속했던 광고가 하나 있었다. 그러나 계약 중간에 우리에게 태은이와의 이별이라는 아주 커다란 일이 닥치고 말았다. 그때 아내와 나는 광고주의 반응이 둘 중 하나일 거로 예상했다. 우리에게 시간을 주거나 아니면 모델을 교

체하거나. 그리고 어떤 통보를 받더라도 상처받지 말고 담담하게 받아들이자고 결론을 내린 상태였다. 그러나 스태프분들은 마치 우리 회사 광고 모델의 기를 죽일 수 없다는 듯 무한한 사랑과 애정을 쏟아주셨다. 촬영 중간중간 든든히 챙겨 먹으라고 엄청나게 화려한 도시락도 받았고(도시락에 우리의 사진이 스티커로 붙어있는 걸 보고 그날 가장 크게 웃었던 기억이 난다), 촬영을 준비하는 동안 대화하며 우리 이야기에 무한한 공감도 전하셨다. 아마도 이날 촬영을 위해 새벽 4시에 일어났을 것이다. 일찍 일어나 숍에 가서 메이크업도 받아야 했고, 머리 손질도 해야 했으니까. 그러나 현장에 있던 분들의 배려 덕분에 쌓여있던 피로가 한순간에 녹아내리는 경험을 했다. 사실 정말 별거 아닌 포즈였다고 생각했는데, 촬영을 지켜보는 분들은 정말 멋있다고 칭찬하고 격려의 박수를 아끼지 않았다. 나와 아내를 이렇게나 사랑하고 응원하는 사람들이 많다는 걸 몸소 경험한 날이었다.

사실 그동안 그 누구에게도 폐를 끼치고 싶지 않아서 나를 내 마음속에 숨겼다. 모든 것을 혼자 감내하고 해결하려고 하다 보니, 아내 말고도 곁에서 나를 응원하고 사랑해주는 사람이 많다는 것을 잊고 있었다. 어쩌면 세상은 다친 나를 수용하고 안아줄 준비가 되어있었는데, 정작 치유받아야 하는 내가 준비되지 않았는지도 모르겠다. 끊임없이 걱정하고, 이제는 잊어야만 하는 일을 되새김질하듯 복기하며 안 그래도 상처 입은 마음에 더 큰 상처를 준 것이다. 이제는 아슬아슬하게 걸쳐 있는 감정들의 경계를 무너뜨리고 단순하게 만들 필요가 있었다.

그때 가서 생각하자, 미리 걱정하지 말자
답은 없지만 그래도 그 순간은 모면할 수 있잖아
시간이 얼마나 흘러야
깨진 시간의 조각을 다시 붙일 수 있을까
그런 생각들은 이제 그만 넣어두자

나는 삶이 있고, 가야 하는 길이 있고

같이 완주해야 하는 사랑하는 사람이 있다

나의 완주는 이제 삶의 끝이다

사랑하는 아이의 태어남이 완주가 아닌

아내와 함께 가는 우리의 삶의 끝이다

어두운 하늘을 보며 하루를 시작해 어두운 하늘을 보며 하루를 마무리했던 날이었다. 모든 조명이 꺼지고 배우 진태현에서 다시 현실 진태현으로 돌아올 시간이다. 나는 현실로 돌아와 다시 일상을 살며 어떤 답을 내려야 할지 나 자신에게 묻는다. 모두 내가 괜찮은 줄 알지만 실은 아직 괜찮지 않기 때문이다. 그러나 날이 밝고 내일은 언제나 찾아오게 되어있었다. 그러니 슬픔과 상실에 대한 내성을 키우고 면역력을 높여야겠다고 생각했다. 내가 겪고 있는 감정과 그에 대한 대처를 조금은 객관적으로 바라볼 수 있게 말이다.

슬픔을 안고도 살아가는 법

멍하니 가만히 서 있다가 하루가, 한 달이, 일 년이 갔다.

온종일 멈추지 않았던 나의 머리, 몸, 마음이 멈췄다.

사람이 겪어야 할 사랑의 상처, 이별의 상처를 한꺼번에 겪었다.

모든 기억이 아직도 차갑다.

변해버린 날씨만큼이나 나의 모든 것들이 차갑다.

일 년의 3분의 2는 참 따뜻했다.

좋은 사람이 아닌 사람마저 좋은 생각과 기쁨으로 가득했다.

누군가 스토리를 만들어 우리를 움직인다.

나의 스토리와 계획에는 없는 일들이 나의 모든 것을 쓸어갔다.

반복되는 다짐과 무너짐이 그렇게 오래 가진 않았지만

어쩔 수 없이 오는 큰 파도 마냥 왔다가 간다.

가만히 서서 내리치는 그런 모든 무거움과 아픔을 몸소 체험한다.

그럼 언제 그랬는지 모를 만큼의 내성이라는 게 생긴다.

참, 사람은 알다가도 모른다.

기쁘다가 슬프고 아프다가도 웃는다.

노래를 부르다 울기도 하고 대화를 하다가 울기도 한다.

지금까지의 경험을 공유하자면

내성이 생겨 웬만한 것들을 덤덤하게 지나갈 즈음도

가끔씩은 점검을 하고 넘어가야 한다.

나도 모르게 다가오는 파도는 옆에서 또는 뒤에서 올지 모른다.

어쩌면 그 또한 내성이라는 게 생길지 모르겠지만

얼마 시간이 지나지 않은 나에겐 아직은 내성이 생기지 않았다.

아픔을 간직한 채 슬픔을 간직한 채 살아간다는 게 참 힘이 들지만
어차피 우리 사람들은 살아가게 되어있다.
"아직도 저렇게 슬프고 힘들어? 이제 그만하지…."
이런 말은 위로가 되지 않는다.
함부로 위로해서도 함부로 비난해서도 안 된다.

내가 겪은 슬픔으로 변호를 하는 게 아니고
주변에는 사랑하는 사람들을 떠나보내는 사람들이 너무 많다.
지금 와서 생각해보면
가장 행복했던 여름, 뜨거운 바람 그리고 태양이 생각난다.
찬란하다는 말이 나올 정도로 푸르면서도 뜨거운 바람이었다.

열정적이었고 가열차게 달려왔다.
감사라는 단어를 그때야 비로소 깨닫게 되었다.
떠나보내고 슬피 울고 아파하고 나서야
겸손이라는 단어를 비로소 깨닫게 되었다.

고통의 순간들이 여러 가지의 글과 단어로는 설명이 안 된다.

겪어야 비로소 알게 되고 경험을 해야 공감을 할 수 있다.

난 지금 1년 동안의 기억 속에 갇혀있을지도 모른다.

하지만 확실한 건 이제 나아가고 있다 문을 열고 있다.

시간도 필요하지만 노력도 필요하다.

물건을 사러 나갈 때도 움직여야 살 수 있고

사람을 만나러 나갈 때도 움직여야 만날 수 있다.

어딘가에서 슬피 우는 건 나를 너무 사랑해서일 것이다.

조금은 도움이 될지 모르겠지만 나 말고 아내를 생각했다.

그리고 아내와 이제는 그만 문을 열고 나아가야겠다고 생각했다.

모든 감정에 내성이 생기기 전에

더 경험하고 더 알아가고 더 살아가는 삶의 스토리를 위해서.

아직까진 사랑이라는 단어의

정확한 뜻과 내용을 모르겠지만 욕심은 아닌 듯하다.

"나를 사랑해줘. 난 사랑이 필요해."
짧은 경험에서 느낀 나의 사랑은
"널 위해 모든 걸 할게. 같이 가자. 내가 지켜줄게."

아내와 나의 짧지만 깊은 사랑 이야기와 슬픈 이별 이야기는
사랑 노래였고 겸손의 배움이었다.

앞으로 내성이 생겨 두려움도 망설임도 없지만
살짝 적당히 겪고 문을 열고 나오게 되는 한 걸음은
앞으로의 그 어떤 파도도 감사히 받아들임이라는
이상한 결론을 내렸다.

뜨겁다 나의 기억은.
너무 습하고 뜨거운 서풍이 온다.
그때는 몰랐다.
나에게 차가운 바람이 이렇게 차갑고 시릴 줄은.
그래도 나아간다.

아직은 면역력이 약하니까

장갑을 끼우고 털모자를 쓰고.

그래도 이 계절 너머에

내성을 키우고 다시 꽃가루를 기다리고 있을 거다.

언젠가 찾아올
그날을 상상하며

필요한 게 있어서 마트를 향해 걸어가던 길이었다. 집을 나서자마자 숨이 턱 막힐 정도로 뜨거운 바람이 온몸을 휘어 감던 한여름이었다. 길을 건너기 위해 횡단보도에서 신호를 기다리는데, 엄마와 아빠 그리고 유모차에서 방긋방긋 웃는 갓난아이가 내 곁을 스쳐 지나갔다. 그러면 안 된다는 걸 알면서도 나도 모르게 단란한 뒷모습에 시선을 빼앗기고 말았다. '태은이를 보내지 않았다면 나도 유모차를 끌 수 있었겠지.' 하는 부러움이 올라온다. 아니, 부러움이라기보다는 동경에 더 가까웠다.

어딜 가든 아이를 데리고 나온 부모를 마주치고는 했다. 그럴 때마다 '우리 태은이가 무사히 태어났다면 저 정도 컸겠지?' 하며 나도 모르게 미소를 짓고 있다. 이 세상에는 너무도 많은 태은이가 존재했다. 놀이터에서 흙을 묻히며 해맑게 웃는 태은이, 시험 기간에 도서관에서 공부하다가 친구들과 잠시 떡볶이를 사먹으며 웃는 태은이, 자기가 하고 싶은 일을 찾아 이제 막 세상에 발을 디딘 태은이…. 나는 그 면면들을 보며 언제나 하늘에 있을 우리 딸을 떠올렸다.

애써 아무런 고민도 슬픔도 없는 곳에서 잘 지내고 있을 거라며 위로해보지만, 이 세상 곳곳에 존재하는 태은이들이 한때는 나를 정말 많이 힘들게 하기도 했다. 이 부러움이 올바른 것인지 혼란스럽기도 하고 이러면 안 되는 것 아닌가 싶을 때도 있었다. 하지만 세상의 이곳저곳에 존재하는 태은이들 덕분에 많은 위로를 받기도 했다. 항상 뛰던 공원 풀잎에 잔잔히 앉아있는 태은이, 하늘을 핑크빛으로 물들이며 아빠를 응원하는 태은이, 다 지쳐서 그만두고 싶을 때 불현듯 나타나 초인 같은 힘을 주고 가는 태은이까지…. 우리 아이는 세상에 형태를 가지고 있지 않지만, 오히려 그렇기에 어디에서나 찾을 수 있었다.

다시 가족계획을 세울 의향이 있냐는 질문을 몇 번 받은 적이 있다. 나는 그 질문에 언제나 똑같이 답변한다. "네, 있습니다. 다만, 서두르지 않고 아내의 건강이 허락되는 한, 천천히 해보려고 합니다."라고 말이다. 우리 사이에 반드시 아이가 있어야 하는 것은 아니지만, 가능하다면 아내를 꼭 닮은 예쁜 딸아이가 찾아와줬으면 한다(평소에도 우리 아내 같은 미인의 유전자는 반드시 대대손손 전해져야만 한다고 농담하고는 한다). 그러면 사람들은 다시 질문한다. "다른 아이가 찾아오면 태은이는 조금씩 잊히겠죠?" 나는 이 질문에 조금도 망설이지 않고 그럴 리 없다고 대답한다. 아니, 그럴 수 없다고 한다. 설령, 다음에 찾아온 축복 같은 아이가 무사히 빛을 본다고 해도, 태은이는 절대 잊을 수 없는 우리 딸이니까. 태은이라는 태명은 우리 딸 이름이나 마찬가지기에 다른 아이에게 주지 않으리라 굳게 다짐도 했다.

나는 이별도 아름다운 여정으로 느껴질 때까지 아내와 즐거운 여행을 떠나고 싶다. 우리가 탄 마차가 어디로 갈지는 모르겠지만, 이왕 출발했으니 앉은 자리에서 예쁜 별도 보고, 그 곁에 세상을 은은히 비추는 달도 보고 싶다. 바람이 부는 날에는 결을 따라 우리의 노래를 남기기도 하고, 비가 오는 날에는 마음속에 들어찬 슬픔을 씻어내리기도 하면서 여기저기 떠나보고 싶다. 내 곁에는 아직 아내가 있으니 아마 충분히 가능하지 않을까? 우리는 아무렇지 않게 다시 시작할 것이다. 특별하지도 요란하지도 않게.

정신을 차리고 보니 신호등의 녹색 신호가 끝나가

는지 빨리 건너라는 듯 깜빡이고 있었다. 그러나 한 가족이 남기고 간 발자취에서 눈을 떼지 못하고 신호를 놓치고야 말았다. 다음 녹색불이 들어오자 횡단보도를 건너기 전, 다시 한번 돌아본다. 아까 그 가족이 지나간 길의 끝을. 그리고 내 모습을 그곳에 그려 넣는다. 아내 그리고 태은이까지.

웃음꽃, 사랑의 꽃마차
아마도 앞으로 펼쳐질 하루는
또 다른 설렘으로 가득한 나날일 거다.

글을 닫으며

처음 출판 제의를 받고 많이 망설였던 생각이 납니다. 우리의 이야기를 책으로 남기고 싶었지만, 그때를 다시 떠올리는 게 두렵기도 했으니까요. 저는 그동안의 기억, 생각, 사실을 바탕으로 글을 써 내려갔습니다. 얼마 지나지 않은 아픔과 처절함으로 인해 참 많이 아프기도 했습니다. 제 진심이 어디까지 닿을지 모르지만, 6개월간 원고를 쓰기 위해 기억 나는 추억들을 하나하나 다 끄집어내는 과정이 너무나도 힘들었습니다. 하도 많이 울어서 아내가 오늘은 이제 그만 쓰라고 만류하기도 할 정도였지요.

저와 아내는 2번의 유산과 1번의 사산을 경험했습니

다. 2번은 초기 유산이었고, 1번은 태어나기 전에 심장이 멈췄습니다. 그리고 세상에는 저희처럼 사랑하는 아이를 떠나보낸 분들이 많습니다. 누군가는 원하는데 만나지 못하고, 누군가는 만나기 직전에 떠나보내고…. 그렇게 계속되는 아픔에 빠져있습니다. 여러 가지 감정이 맴돌지만, 이렇게 끝까지 글을 쓰는 이유는 바로 그 때문입니다.

아직도 매일 편지를 받습니다. 주로 태현 씨는 어떻게 그렇게 이겨나가고 있는지 모르겠다는 내용이 대부분입니다. 저는 사방이 막혀있을 땐 하늘을 보라고 말씀드리고 싶습니다. 믿음, 소망, 사랑 중에 제일은 사랑이라는 말이 있지요. 사람은 자기가 가진 힘만으로 모든 걸 해낼 수 없습니다. 그러나 딱 하나, 원하는 대로 할 수 있는 게 있습니다. 그것이 바로 사랑입니다.

물론 쉽지는 않을 것입니다. 깊은 바다에 빠진 것처럼 허우적거리며 숨이 막힐 겁니다. 그러나 그 바다는 내가 있을 곳도, 우리가 있을 곳도 아닙니다. 모든 사념이 무너져내려 고인 그곳에서도 저는 사랑으로, 추억으로 평생 노래하겠노라 다짐했습니다. 우리는 틀리지 않았고, 잘못하지도 않았습니다. 그러니 회복 근처에 있는 정거장에 잠시 머물렀다가 괜찮아졌을 때 용기를 내서 원래의 세상으로 되돌아가셨으면 좋겠습니다.

저는 이제 원래 있던 곳으로 돌아갈 버스를 맞이해야 할 것 같습니다. 그러니 이 글을 썼던 노트북은 이 정거장에 두고 가려고 합니다. 그리고 그곳에서 다시 만나는 날을 기다리겠습니다.